청혼

THE PROPOSAL
배명훈 소설
청혼
북하우스

차례

휴가를 받으면 한번 놀러 와. 지난달에 새 휴양선이 취항했는데 거기라면 너도 분명 마음에 들 거야. 지구까지 휴가를 못 가는 사람들을 위해서 만든 시설이라 오래 머물면서 이것저것 즐길 게 많대. 아직 직접 가보지는 않았지만 지구 중력을 완벽하게 재현했다고들 난리야. 내가 보기에는 그다지 완벽한 것 같지 않지만, 지구 출신들은 꽤 열광하는 것 같아. 우리 작전병 하나는 나중에 거기서 결혼식을 하겠다고 벌써부터 호들갑이야. 연애도 안 해봤으면서. 아무튼 특이한 함선이야. 휴양선 자체를 구경하는 것도 꽤 재미있을 거야. 독특하게 생겼거든.

날개가 있어. 본체 양옆에 앙증맞고 귀여운 날개가 능청스럽게 달려 있어. 우주에서는 바람을 가를 일이 없으니까 날개 같은 건 있어봐야 아무 쓸모가 없는데. 하지만 그 휴양선, 그 날개 때문에 어쩐지 비행기 같아 보인달까. 가만히 보고 있으면 엔진 때문이 아니라 그 조그만 날개 한 쌍 덕분에 추진력을 얻는 것처럼 보이기도 해. 상황이 위급해지면 재빨리 파닥거릴 것 같기도 하고, 아무튼 귀여워. 지구인의 상상이란.

더 기가 막힌 건 선체 뒷부분에 솟아 있는 한 쌍의 수직 날개야. 그 뒤에 있는 커다란 노즐에 대면 정말 우스운 크기이지만, 날개 각도 하나만큼은 진짜 환상적으로 뽑아놨어. 우아하고 날렵하고 낭만적인 모양으로. 함대 전체에서 가장 눈에 띄는 곳일 거야. 그래서 면회 온 사람들이 사진 찍는 장소로 가장 많이 찾는 곳이래. 그 꼬리날개를 본떠서 새 로고를 만들 거라고들 하던데, 좋은 생각 같아. 곧 이 동네 명물이 될 게 확실하니까.

나도 새 휴양선이 마음에 들어. 함대 전체에서 그 배만 유일하게 위아래 구분이 있거든. 다른 배들과는 디자인 개념부터 완전히 달라서 눈길을 확 끌어. 어떤 물건 하나 때문에 세상이 전부 다르게 보인다는 거, 디자이너에게는 그 이상 기분 좋은 칭찬이 없을 텐데, 나한테는 이 배가 딱 그래. 휴양선을 보고 있으면 지구 밖으로 한 번도 안 나가본 사람들이 생각하는 공간에 대한 막연한 상상이 물리적 현실이 되어 우주 전체에 퍼져 있는 것만 같아. 촌스럽지만 재미있는 미감이지.

지구 출신들은 그걸 더 강하게 느낀대. 향수를 느낄 정도로. 어렸을 적 상상하던 바로 그 우주니까. 이제 너도 알지? 여기처럼 중력의 영향을 받지 않는 공간에서는 위아래 방향 구분이 전혀 없거든. 우주는 어느 방향으로든 다 똑같이 고르게 퍼져 있으니까. 엄연히 그게 진실이지만, 지구인들이 어렸을 때 꿈꾸던 그 우주는 아니잖아. 그래서 이 배를 그렇게 디자인했나 봐. 한눈에 봐도 위아래가 분명하게. 위아래라니, 지구인들은 참!

배 위쪽이라고 할 수 있는 곳에는 두 개의 기다란 갑판이 활주로처럼 뻗어 있는데, 거기가 바로 사람들이 발을 디디는 곳이야. 지구의 대지를 대신하는 곳이지. 갑판 반대쪽, 배 아래쪽이라고 불러야 할 면에는 작은 노즐들이 쭉 달려 있어. 그게 대략 $8m/s^2$의 가속도로 갑판을 위쪽으로 들어 올리지. 진짜 위가 아니라 배 형태상 위쪽에 해당하는 방향으로 말이야. 그런 식으로 서서히 빨라지는 거지. 지구에서 물체가 추락하는 속도에는 훨씬 못 미치지만 비슷한 느낌이 날 정도는 돼. 연료를 너무 많이 잡아먹어서 개장 이벤트 기간이 지나면 훨씬 느려지겠지만, 아무튼 그런 식으로 인공중력이 발생해. 엘리베이터가 출발할 때 몸이 좀 더 무거워진 것처럼 느껴지듯이 말이야.

지구 사람들을 너무 바보 취급하는 것 같아서 미안해. 하지만 이건 정말 아이러니 아닌가? 우주선이 일정한 속도로 움직이면 갑판에 붙어 있는 사람들은 무중력 공간에 와 있다고 느껴. 손발을 버둥거리고 불안해하지. 그런데 우주선이 일정한 가속도로 점점 더 빨라지면 그제야 사람들은 탄탄한 바닥에 발을 디디고 있다고 느껴. 표정이 온화해지는 거지. 다른 우주선에서 그 광경을 보면 어떤지 알아? 휴양선이 자유낙하하는 물체처럼 점점 더 빠른 속도로 우주 저편을 향해 냅다 튀어 나가는 걸로 보여. 그것도 그 위에 있는 사람들이 아래쪽이라고 생각하는 것과는 완전히 반대 방향으로 말이야.

그래도 배가 진짜로 우주 저편으로 튀어 나가지는 않으

니까 안심해. 그렇게 빠르게 가속하지도 않고, 또 그렇게 얼마쯤 날아가고 나면 위아래를 한 번씩 뒤집어주거든. 선체가 옆으로 반 바퀴를 회전해서 노즐이 있는 배의 아랫면이 그때까지 비행해온 방향을 향하도록 완전히 뒤집히면 노즐이 다시 불을 뿜어. 아까와 같은 가속도로. 그렇게 감속을 하는 거야. 반대 방향으로 가기 시작하는 게 아니라 진행 방향은 똑같고 속도가 조금씩 느려지기 시작하는 거지. 그러면서 마이너스 가속도가 느껴지면 이때도 갑판에 있는 사람들은 아까와 똑같은 인공중력을 느껴. 그렇게 한참을 가면 속도가 다시 0이 되고, 그 방향으로 계속 가속을 하면 처음 있던 곳으로 서서히 되돌아가는 거야. 그러다 한참 뒤에 다시 위아래를 뒤집는 거지. 그렇게 왔다 갔다 해. 연료를 아낌없이 소비하면서.

이리저리 뒤집는 모습이 뭔가를 연상시키지 않아? 함대 참모부 식구들은 그걸 웍질이라고 불러. 멀리서 보면 누군가가 그 기다란 갑판 위에 사람들을 올려놓고 뜨거운 불로 달달 볶는 것처럼 보이거든. 너무 멀어서 맨눈으로 볼 수는 없지만, 휴양선 홍보 영상에는 그런 장면이 나오더라고. 볶아주면 열광하는 사람들이라니, 신기하지 뭐야.

하지만 그 배 갑판에 서 있으면 배가 움직이는 느낌은 별로 들지 않는대. 옆으로 뒤집힐 때를 빼면 말이야. 다만 머리에서 발 쪽으로 중력이 작용하면서 마치 우주 공간 전체에 그것과 똑같은 방향이 생긴 듯한 착각이 든다는 거야. 거기에 서서 함대 쪽을 바라보면 오히려 함대 전체가 지평선 너머로 분주하게 떴다 지는 것처럼 보인다고 해. 별 대신 알알이 박혀 있는 함대라니. 웃기게도 사람들은 그걸 보고 낭만적이라고 생각한대. 우주라는 거대한 물 위에 떠 있는 유람선 같은 거라나.

그런데 지구에서는 무중력을 체험하게 하는 놀이 기구가 인기 있다고 하지 않았나? 그래 놓고 정작 우주에 나와서는 중력을 체험하는 놀이 기구를 타러 가다니.

사실 지구 출신이 제일 열광하는 건 그 안에서 축구를 할 수 있다는 사실 같아. 선체를 자전시켜서 얻는 인공중력으로는 그렇게 넓은 평면에 중력을 만들어낼 수가 없거든. 둥근 우주선 벽을 회전시키면 각자 자기가 붙어 있는 벽 쪽이 아래쪽이라고 느끼니까 결국 어느 곳도 아래가 아닌 게 되는 거지. 그런데 새 휴양선에서는 모두가 동의하는 아래가 생기는 거래. 수십 명이 똑같은 바닥에 발을 디디고 설 수 있어서 진짜 지구식 축구를 할 수 있대. 지구 중력보다는 좀 덜하지만. 그런데 지구인들은 다들 그렇게 축구를 좋아해? "글쎄. 이상하게 군복만 입으면 축구를 하고 싶네" 하는 대답을 들은 적이 있는데, 솔직히 무슨 의미인지는 잘 모르겠어. 아무래도 농담 같았는데 말이야.

아무튼 지구 출신들은 여러모로 이상해. 프라이팬을 닮은 가짜 대지에 발을 딛고 서는 순간, 어떤 사람들은 정말로 눈물을 흘리고 소리를 지를 정도로 열광해. 위와 아래가 있다는 건 신의 축복이라며. 정말 그래? 인간을 인간답게 만드는 가장 원초적인 윤리는 식인이나 근친상간에 관한 금기가 아니라 위와 아래를 구분하는 능력이래. 사람의 귀는 내면에서 들려오는 자아의 소리나 양심의 소리를 알아듣기 훨씬 이전에 중력이 몸을 끌어당기는 소리를 들어야 한다나.

그런 이야기를 들을 때면 나는 할 말이 없어져. 처음에는 저게 무슨 소린가 했는데, 요즘은 그런 순간마다 자연스럽게 네 생각을 해. 네가 느끼는 세상도 그렇겠지? 우주에 나오면 위아래 방향이 없어져서 생기는 우주 멀미를 도저히 견딜 수가 없다던 너의 말이 떠올라. 예전에도 다른 사람들한테서 같은 말을 들은 적이 있지만, 그때는 그게 어떤 느낌인지 이해하려고 노력한 적이 없었어. 나와는 상관없는 일이니까. 하지만 너도 역시 그렇게 느낀다는 사실을 깨닫고 나서는 남의 일 같지가 않아. 아, 너는 그런 세상에 살고 있었구나, 같은 우주에 갇혀 사는데도 우리는 전혀 다른 우주에서 사는 것만 같구나, 하고 깜짝깜짝 놀라기도 해.

그러다 한편으로 그런 생각도 들어. 아, 이래서 UES United Earth Surface, 지표면연합나 궤도연합군 사령부가 나 같은 우주 출신을 경계하는 거구나!

그렇다고 내가 그 사람들을 이해하게 된 건 아니야. 왜 우리는 서로의 우주를 배우려 하지 않을까? 지금처럼 손쉽게 상대방의 우주로 날아갈 수 있게 된 시절이 또 언제 있었다고?

그 생각을 하면 나는 지금도 웃음이 나. 너를 만나러 지구에 갔을 때 내가 지구 중력을 견디지 못해서 제대로 일어서지도 못하고 반쯤 기어다녔던 일 말이야. 네가 밀어주는 휠체어를 타고 폭포를 구경하러 갔던 날, 자기 몸 하나도 제대로 못 가누는 주제에 이 신성한 지구 중력권 안에 어쩌자고 그 많은 짐을 싸 들고 왔느냐고 사뭇 엄숙하게 꾸짖던 네 장난스러운 표정도. 나는 영락없이 외계인이 된 것 같았어. 지구인들이 나를 대하는 눈빛이 딱 그랬다는 말이야. 하지만 내 입장에서는 내가 아니라 지구인들이 이상한 거였지. 예전에 한번은 달 기지에서, 지구 사람들이 거의 날아다니듯이 뛰어다니는 걸 보고 깜짝 놀란 적이 있거든. 어쩜 그렇게 강인할 수가 있을까. 우리처럼 태어날 때부터 중력을 듣지 못했던 사람들이 보기에 지구인의 사지는 도저히 감당할 수 없을 만큼 튼튼해. 그 날 내가 그 광경을 보고 뭐라고 했는지 알아?

"쟤들 뭐냐? 완전 외계인이잖아!"

그런 강인한 사람들이 사는 세계. 나는 지구가 좋았어. 적응하기는 어려웠지만. 아침에 일어나서, 내가 지구에 와 있다는 걸 깜빡하고 여기에서 늘 그랬듯 무심코 두 팔로 침대를 밀어서 방 가운데로 떠오르려고 버둥거리고 있었을 때, 살짝 눈을 뜨고 피식 웃던 네 얼굴이 하루에도 몇 번씩 떠올라. 쏟아지던 햇살. 아니, 쏟아져 내린 건 비였던가. 아름다운 너의 등이 어제오늘 사이에만 수십 번이나 떠올랐어.

그러니까 휴가를 받으면 꼭 한번 찾아와. 새 휴양선에 있는 호텔에 전망 좋은 방이 있거든. 지난번 기동훈련 때 참모장이 기분이 좋았던지 호텔 이용권을 상으로 뿌렸어. 성수기에 한 360시간쯤 빌릴 수 있을 거야. 사양하지 말고 찾아와줬으면 좋겠어. 아마 지구에서 이거 구하려면 평소에 친하게 지내던 대통령이라도 하나쯤 있어야 할 거야. 너를 위해 아껴둘게.

어제 들었는데 지구에서 여기까지 오는 시간도 이제 곧 130시간까지 단축될 거래. 물론 지구인에게 130시간 동안의 우주 멀미가 얼마나 끔찍한지는 최근에 지구에서 온 감찰군 소속 정보 장교가 이야기하는 걸 들어서 잘 알고 있어. 무중력에 고속 비행까지. 그래도 이번 전투가 끝나면 우리 함대도 지구 쪽으로 훨씬 가까이 옮겨갈 거야. 자세한 건 말해줄 수 없지만.

이 싸움이 끝나면, 전쟁이 끝나면, 새 휴양선에서 여는 댄스 코스에 등록할 생각이야. 지구 춤을 배우면 지구 출신들이 나를 좀 더 잘 이해해주지 않을까.

어제는 감찰군 사령부에서 출두 명령이 내려왔어. 참모장한테 보고하고 사령선으로 갔더니 나더러 사유서를 쓰라는 거야. 실은 지난번 편지에서 이야기했던 새 휴양선도 감찰군이 배치되면서 딸려 온 거였거든. 배 이름도 아예 감찰군 사령관 이름을 따서 리델이라고 붙였고. 아무튼 그 감찰군이 본격적으로 일을 시작하면서 근무 여건이 빡빡해졌어. 전투태세 검열 같은 건 서류에나 있는 줄 알았지 실제로 받아본 적은 몇 번 되지도 않는데, 딱 한 달 만에 평생 받아본 검열보다 세 배쯤 많은 검열을 받았으니. 매번 사유서를 내라는데 도대체 무슨 건으로 적발이 됐는지 알 수가 있어야지. 감찰군이 슬슬 고삐를 조여오는 걸 보니 전쟁이 생각보다 길어지겠다는 느낌만 들어. 지구 쪽에서도 조바심이 나는 거지.

그런데도 궤도연합군 사령부의 공식 입장은 싸움을 오래 끌지 않겠다는 거래. 하지만 누구 마음대로. 빨리 끝내고 싶다고 끝낼 수 있는 거면 왜 한 세대 전에 끝내지 않았을까. 왜 UES는 지표면연합이라는 정치기구에 머무르지 못하고 굳이 궤도연합군처럼 억지스러운 합동 군사기구를 만들어야 했을까. 역시 이런 공간에서의 싸움은 단언할 수 있는 문제가 아니야. 겪어본 사람이 아무도 없는 싸움이니까.

그래도 UES 정부는 뭔가 알고 있을지도 모른다고 생각하는 사람들이 많다는 걸 알아. 지구에서만 그런 게 아니라 여기서도 그래. 적 함대 역시 인간이 만들어낸 함대일지도 모른다는 소문 같은 걸 믿는 사람들이 많아. 내 생각은 달라. 지구에 이런 어마어마한 함대를 하나 더 건설할 여력 같은 게 있을 리 없으니까. 그만한 물자가 우주로 새어 나갔으면 지구 사람들이 모를 수가 없어. 이 함대를 만드느라 지구가 얼마나 가난해졌는데. 함대가 둘이 되려면 지구가 두 배로 가난해야 하는 거잖아. 그러니까 그랬다면 정보 당국이 아니라 제일 평범한 사람들이 먼저 알았을 거야.

어쨌든 상대는 외계 함대가 틀림없어. 문제는 UES가 뭔가를 숨긴다는 사실이 아니야. 숨길 게 있으면 차라리 다행이지. 진짜 문제가 되는 건 그 사람들조차 아무것도 모르는 상황이야. 숨길 것조차 없는 거지. 내용이 영원히 알려지지 않더라도 저들 중 누군가는 상황을 분명히 파악하고 있는 거면 좋겠는데. 그렇다는 확신만 있어도 이렇게 불안하지는 않을 거야.

저 외계 함대는 도대체 어디서 나타난 걸까. 정말로 차원의 문을 건너 날아오기라도 한 걸까. 요즘 들어, 오래전에 덮어버린 예언서를 주섬주섬 꺼내 읽는 사람들이 늘어난 것도 이해가 돼. 설명할 수 없는 일들이 잔뜩 일어나고 있으니까. 얼마 전에 함대 사령관 데 나다 장군 집무실에 잠깐 들어간 적이 있는데, 글쎄 그 방에도 예언서가 놓여 있지 뭐야! 다른 사람도 아니고 그 데 나다 장군 방에 말이야! 아마도 그 양반 입대하면서 처음 지급받은 예언서였을 거야. 고급스러운 소재로 만들어진 게, 딱 봐도 옛날 물건 티가 났거든. 손때는 하나도 안 묻어 있었어. 내가 그쪽으로 눈길을 주니까 그 양반이 그러더라.

“궤도연합군 본부가 이걸 다시 꺼내든 모양인데. 파멸의 신전인지 차원의 문인지를 믿는 인간들이 다시 지상으로 기어 나온 게지? 좀 있으면 자네들한테도 이 책 구절 몇 개를 외우라고 할 거야. 감찰군 앞에서 낭송도 시킬지 몰라. 그런데 요즘은 이것도 개정판이 나왔다더군. 내가 외웠던 때와는 표현이 다르던데. 예언서가 개정되고 그러나?”

“번역이 바뀐 거겠죠.”

나는 개정판이 나온 건 알았지만 궤도연합군 권력 지형이 어떻게 바뀌고 있는지는 그때 처음 알았어. 예언서를 외우라고 하는 사람들이 주도권을 되찾다니. 예언서는 벌써 오래전에 폐기된 줄 알았는데 말이야.

물론 나는 UES 의회의 통찰력을 가볍게 생각하지 않아. 아무런 위협의 징후도 없이 조용하기만 한 우주 공간에 이런 규모의 함대를 건설하기로 한 결정은 평범하지 않으니까. 결정 자체보다는 추진력이 더 대단했지. 실패하면 다 밥줄이 끊기고 누군가는 목숨이 날아갈 텐데, 웬

만한 확신이 없으면 할 수 없는 일이었을 거야. 예언서라는 게 있기는 했지만, 앞의 10년 동안만 잘 맞고 그다음 30년은 엉터리였잖아. 그런 애매한 예언서 어디서 그만한 확신을 얻었을까? 사상 초유의 함대 건설에 소요될, 그야말로 천문학적인 규모의 예산을, 그것도 무려 25년 동안이나 쥐어짤 수 있게 한 광기의 정체는 뭘까?

단순히 광기만은 아니었을 거야. 그러고도 정권이 무너지지 않을 만큼의 지도력과 통찰력이 분명히 개입되어 있었겠지. 무려 30년이야. 마침내 적들이 모습을 드러내고, 모두가 거짓말이라고 결론 내린 예언서의 내용이 전부 지연된 진실이라는 사실이 드러나는 순간까지 걸린 시간이. UES 안에 예언서보다 더 믿을 만한 예언자라도 있었던 걸까? 그게 뭔지는 모르지만, 나는 그 사람들에게 분명 무언가가 있다고 믿어. 하지만, 다시 모두가 예언서를 읽어야 한다는 생각에는 동의할 수 없어. 그건 아니야. 우리가 살고 있는 이 우주는 예언서에 담긴 이야기와는 분명히 달라. 우주는 그렇게 생기지 않았어.

그러거나 말거나 궤도연합군 사령부의 공식 입장은, 전쟁의 조기 종결이 가능하다는 거였어. 그 사람들이 정말로 그렇게 믿고 있는 건지는 잘 모르겠어. 예측이라기보다는 바람이겠지. 그 와중에 감찰군이 나타나서 하는 짓을 보면, 아무래도 전쟁은 길어질 모양이야. 우리를 조여오기 시작했다는 건 다른 어딘가에서 무언가가 건잡을 수 없을 만큼 느슨해졌다는 뜻일 테니까.

그래, 감찰군은 우리를 풀어둘 수가 없어. 적이 한 2년만 더 늦게 나타났어도 지구 전체에서 혁명이 일어났을 만큼 많은 돈이 궤도연합군으로 흘러들어갔으니까. 그 많은 돈을 허공에 날릴 수는 없으니 뭔가를 해야 했겠지. 지구에서야, 그 돈이 진짜로 함대 건설에 들어가기는 했는지, 그 함대라는 게 혹시 우주 공간에 건설된 우주 비행체가 아니라 몇몇 고위 관료들의 주머니 속에 건설된 서류상의 함대 아닌지, 이런 음모론이 끊이지 않았지만, 어쨌거나 지금 우리가 여기에 와 있는 건 엄연한 사실이잖아. 내가 속한 이 '유령 함대'는 UES 의회 의원들의 바지 주머니 속에 들어 있는 게 아니라 분명히 태양계 어딘가에 떠 있는 실물 자산이고, 그건 우리 스스로 인지하는 것보다 훨씬 많은 일을 할 수 있는 잠재력이 있다는 뜻이기도 하니까. 생각해봐. 아마 지금껏 인류가 가져본 모든 폭력 수단을 다 긁어모아도 우리 함대 앞에서는 5분도 못 버틸걸. 우리 스스로 그 사실을 자각하지 않고 있을 뿐.

그걸 감찰군이 먼저 깨달은 거지. 감찰군을 만들어 여기로 보낸 사람들이 말이야. 여기서 우리가 이렇게 하염없이 빈둥거리다 보면 언젠가 우리 함대의 포신이 지구를 향할지도 모른다는 사실을. 그래서 우리한테 선제공격을 날린 거야. 검열이라는 폭탄을 날린 거지. 우리도 응사하기는 하는데, 사실 우리가 돌려줄 거라고는 사유서 한 무더기밖에 없었어.

사유서라니까 처음에는 무슨 반성문 같기도 하고, 쓰다 보니 내가 이렇게 허술한 인간이었나 하는 자괴감도 들더라. 그런데 이틀이 멀다 하고 써내다 보니까 점점 아무 생각도 없어지더라고. 어느 날부터는 표준 사유서 양식을 만들어놓고 빈칸에 날짜나 관련 규정, 위반 내용 같은 것만 적당히 채워서 보내기 시작했어. 그래도 별문제는 없었지. 그걸 다 들여다보는 것도 일일 테니까. 그런데 어제는 어쩐 일인지 호출이 왔어. 감찰군 사령부로 직접 출두해서 사유서를 작성하고 가라는 거야. 특별히 더 잘못한 게 있었나? 사유가 뭔지 감이 안 잡히더라고. 그래서 물었어. 감찰 장교가 그러더라.

"자네가 반란군 사령관이라면서?"

나는 펜을 허공에 띄워놓고 고개를 들었어. 중력이 작용하지 않는 공간에서는 흔히 있는 일이었지. 그걸 보고 감찰 장교가 기분이 나빠졌는지 표정이 살짝 굳어졌어.

"그렇기는 한데요."

"그렇게 써."

"그건 그냥 장난이었는데요."

"당연히 장난이겠지. 그게 아니면 자네가 지금 한가하게 사유서나 쓰고 있을 입장이 아니겠지."

하지만 말이야, 그건 그냥 사교 모임이었어. 함대 작전장교 모임 이름. 그냥 만나서 술이나 퍼마시는 모임인데. 그런 것까지 트집을 잡다니.

사유서를 제출하고 참모부에 보고하러 갔더니 참모장이 그러는 거야.

"그럴 만도 해. 감찰군 사령관은 함대를 무슨 해병대쯤으로 생각하더라고. 아, 그러게 자꾸 우주선을 배라고 부르지 말자니까. 함대라는 말도 쓰지 말고."

"함대가 해병인가요? 해병이 뭐죠?"

"그러니까, 파병 부대지. 원래는 상륙 부대지만. 옛날 지구 시절에 말이야, 다른 나라는 공격 병력 주력이 전부 육군인데 혼자만 해군이 주력인 제국이 있었거든. 영국이라고. 섬나라였어. 나라 자체가 섬이기도 했지만, 워낙 지구 구석구석을 누비던 제국이라 거의 배로 온 바다를 다 휩쓸고 다닐 지경이었대. 본국에서 파견한 군대가 식민지나 분쟁 지역으로 가려면 배를 타고 한참을 건너가야 했고 말이야. 그러니 상륙 부대가 해외 파병 부대일 수밖에. 영국 다음에 패권을 이어받은 게 미국이었는데, 미국에서도 해외 파병 주력이 해병이었다나."

"그런데요? 그게 어때서요?"

"자네 해병대 본 적 없지? 그게 뭔지는 아나?"

"상륙 부대라고……"

"아니, 상륙 같은 거 안 하고 있을 때 말이야. 전쟁이 났을 때 주력으로 활용하려면 훈련 강도나 군기가 말도 안 되게 강해야 하거든. 전역 후에도 현역 때 서열을 유지할 정도니까. 우리는 그런 게 전혀 아니잖아. 지금 자네 서 있는 폼만 봐도 그렇고."

"제가 뭘 어쨌다고요?"

“야, 아무리 그래도. 됐다. 말자. 아무튼 감찰군 사령관이 잘못 짚은 거야. 리델 원수 그 양반 17 군사학교 출신이거든. 그래서 감을 못 잡은 거지. 똑똑한 양반이기는 하다만, 아무튼 우리가 해병은 아니니까.”

“그럼 뭔데요?”

“공군이지. 당연히.”

“공군이요?”

“그럼! 지표면에서 시작해서 대기권이 끝나는 자연 경계선까지를 담당하던 군대를 공군으로 분류했던 시절이 있었어. 지금은 지표면 넘어가면 다 궤도연합군 관할이지만. 아무튼 우리가 그거였어. 미국에서 제일 처음 우주군이 만들어질 때도 공군에서 분리돼 나온 거였고, 그러다 그 우주군 조직이 다시 잠깐 폐지되면서 조직이 흡수된 곳도 공군이었거든. 그런데 그 공군이라는 데가 말이야. 군기보다는 오히려 융통성을 좀 더 강조하던 데였단 말이지. 사람이 직접 싸우는 게 아니라 다 기계로 싸우는 데라 그랬던 것 같은데. 그런 우스갯소리가 있어요. 해병대 사령관이 공군 사령관을 만나서 자기 휘하 특수부대 자랑을 한 거야. 임무를 줬더니 상어를 일곱 마리쯤 때려

잡고 바다를 건너가서 목표물을 제거하고 왔다나. 그 이야기를 듣고 공군 사령관이 똑같은 명령을 공군에 하달했대. 그랬더니 한 30분 뒤에 병사 하나가 찾아와서 그런 건 도저히 못 하겠다 그랬다는 거야. 왜 이런 일을 나한테 시키느냐면서 말이지. 그 친구를 돌려보내고 나서 공군 사령관이 그러더래. 진짜 용감하지 않냐고. 안 되는 건 안 된다고 눈을 똑바로 뜨고 말할 줄 아는 게 진정한 용기 아니냐고. 어때? 자네가 보기에 이놈의 함대가 해병대에 가까워, 공군에 가까워?"

참모장이 왠지 의기양양한 표정을 지으면서 물었어. 물론 답은 후자에 가까웠겠지. 그리고 훨씬 더 심해 보였을 거야. 감찰군 리델 원수가 보기에 말이야. 이유는 모르겠지만, 공군이든 육군이든 지표면 위에 자리를 잡고 있던 군대에서는 작전 장교 사교 모임에 '반란군'이라는 이름을 붙이는 일 따위는 상상도 할 수 없었다니까.

"그럼 겨우 그것 때문에 감찰 장교가 저를 잡아먹을 듯이 쥐어짠 거예요?"

"그렇지. 그리고 자네는 잘 모르겠지만 자네가 방금 쓰고 왔다던 그 사유서 말이야, 자네 신상에는 별문제가 없을지 모르겠네만, 사령관 신상에는 별로 안 좋을 거야. 자네 아무래도 데 나다 장군 발목을 제대로 잡은 것 같아."

그 말대로 감찰군의 보고가 지구에 전해지자마자 궤도 연합군 본부 쪽에서 태양 폭풍처럼 거센 반향이 일었대. 군 내 반란군이라는 이름의 사조직이 있다는 소리를 듣고 본부가 발칵 뒤집혔다나. 그게 어떻다는 건지 원. 그나저나 이놈의 군대는 어떻게 된 게 최전선보다 후방이 군기가 더 센 걸까.

결과적으로 나는 내 의도와는 전혀 상관없이 반란에 성공하고 말았어. '반란군 강령'대로 데 나다 장군을 사령관직에서 물러나게 했거든. 아주 잠깐이었지만. 감찰군 사령관이 임시로 함대 사령관직을 맡았는데, 가만 생각해보면 처음부터 그럴 생각으로 감찰군을 보낸 게 아닐까 싶어. 감찰'단'을 보낸 게 아니라 아예 감찰'군'을 보낸 거니까. 우리 함대보다 숫자는 좀 적지만 성능은 더 뛰어난 신형 함선으로 이루어진 정예부대를 말이야.

하지만 그건 역시 긁어 부스럼이었을 거야. 함대 전체가 자기 존재를 자각하지 못하고 있기는 했지만, 그중에서도 제일 심하게 자각 못 하고 있던 사람이 다름 아닌 사령관이었거든. 데 나다라는 이름도 그래. 그건 이름이 아니고 본명을 숨기기 위해 지은 별명 같은 거야. 콜 사인이라고도 하는데, 아무나 불러도 실례가 되지 않는 그런 이름이지. 감찰군 사령관 리델 원수 이름도 마찬가지고. 안 어울리게도 그건 리델 하트Liddell Hart라는 전략 이론가 이름에서 따온 콜 사인이거든.

데 나다라는 이름은 얼핏 보면 무슨 귀족 이름처럼 들리지만 원래 뜻은 '아무것도 아니다'라는 의미래. 'de' 뒤에 영지 이름이 붙어야 귀족 이름이 되는 건데, 영지 이름이 올 자리에 아무것도 아니라는 의미의 'nada'라는 이름이 와 있잖아. 영지가 없다는 거야. 아무것도 소유하지 않겠다는 서약처럼 들리지 않아? 그런데 UES는 그 말을 믿지 않았어. 영지는 없지만 군대를 갖고 있었으니까. 그것도 인류 전체를 단숨에 제압할 수 있을 정도의 군대를 말이야. 어느 순간 그들에게는 데 나다라는 이름이 아무것도 갖지 않겠다는 게 아니라 아무것도 없는 곳, 그러니까 텅 빈 우주 공간을 전부 소유하고 말겠다는 의미로 들리기 시작한 거겠지.

"내가 오겠다고 우겨서 여기까지 왔나? 자기들이 보내

놓고 왜 또 의심하고 난리야?”

감찰군의 추가 조사가 진행되는 동안 함대 지휘권 일부를 동결하겠다는 통보를 받고 데 나다 장군이 그렇게 말했대. 그때였을 거라고 확신해. 그의 마음이 움직이기 시작한 순간이.

버글러의 모순이라고도 하고, 엔지니어들은 주정뱅이의 모순이라고도 해. 버글러라는 사람이 발견한 법칙일 것 같지만, 사실 버글러는 영혼을 바쳐 술을 사랑했던 어느 엔지니어의 이름일 뿐이래. 이 모순을 발견한 그의 동료가 주정뱅이의 모순이라는 이름을 떠올리고는, 장난 삼아 버글러의 모순이라고 바꿔 부른 게 오해의 시작이라나.

적과의 첫 번째 교전에서 우리가 얻은 교훈이 바로 이 버글러의 모순이었어. 첫 번째 교전이 일어나기 전까지 우리가 패배할 수도 있다는 생각을 한 사람은 많지 않았어. 함대도 함대지만 무엇보다 L-22라는 이름의 주포 때문에 그랬을 거야. 빛을 나르는 자, 악마 루시퍼의 이름을 딴 입자를 빛의 속도로 날려 보내는 무기의 스물두 번째 버전. 루시퍼 입자가 우주 공간에서 표적이 된 물질을 무로 돌리는 광경을 본 적 있는 사람은 누구나 알 수 있었어. 이 무기만 있으면 외계에서 온 그 어떤 존재든 단숨에 제압할 수 있을 거라는 사실을. 말 그대로 절대 무기였지. '절대'라는 건, 당분간은 스물세 번째 버전을 개발하지 않아도 좋겠다는 뜻이야. 적어도 한 200년간은.

그런데 첫 접전에서 그 모든 믿음이 깨지고 말았어. 왜냐하면 이 무지막지한 최종 병기가 실전에서는 전혀 쓸모가 없었거든. 우리 조준 실력이 너무 형편없어서.

빛의 속도로 30초. 교전은 양쪽이 30광초 거리만큼 떨어진 상태에서 시작됐어. 적의 선제공격으로 그 비싼 전함이 열일곱 척이나 파괴됐으니, 우리도 대화고 뭐고 시도할 상황이 아니었어. 힘으로 되돌려줄 수밖에. 최초 공격을 받고 딱 2분 만에 우리도 응사를 시작했는데, 그 후 30분 동안 우리가 적함을 몇 척이나 파괴시켰는지 알아? 딱 한 척이었어. 그제야 비로소 알게 된 거야. 그렇게 멀리 떨어진 거리에서는 절대로 조준 사격에 성공할 수 없다는 사실을 말이야.

30광초 거리에 있는 적의 정확한 위치를 우리 탐지 장치가 포착할 수 있는 최단 시간은 30초야. 빛의 속도로 알아낸다고 해도 말이야. 그걸 인지하고 나서 반응하는 데 시간이 전혀 소요되지 않고 곧바로 그 목표를 향해 자동으로 응사를 한다고 해도 우리 L-22 광선이 그곳까지 가는 데 걸리는 시간은 또 30초가 걸려. 루시퍼 입자도 정확하게 빛의 속도로 날아가거든. 그건 우주의 제한속도 같은 거니까. 그러니까 루시퍼 입자가 적에게 도착할 때까지 총 1분이 소요되는 거야. 그런데 그 1분 뒤에도 적이 아직 그 자리에 있다는 보장은 없어. 심지어 그 시점에 적이 정확히 어디 있는지를 아는 데만 해도 다시 30초가 걸리지. 광학 신호든 전파 신호든, 정보가 우리를 향해 빛의 속도로 날아올 때까지 또 기다려야 하니까.

게다가 적 함대는, 함대 전체가 한 위치에 가만히 정지해 있는 것처럼 보이는 순간에도 한 척 한 척이 마치 술에 취한 조종사가 배를 몰고 있기라도 한 것처럼 이리저리 자세를 못 가누고 비틀거리고 있었어. 그렇게 보였지. 흔

들리고 있었다고 해야 할까, 떨고 있었다고 해야 할까. 아무튼 1분 뒤에는 절대 같은 자리에 머물러 있지 않는 거지. 우리야 물론 우주 전쟁에 관한 실전 경험이 전혀 없었으니까 그런 건 도무지 알 방법이 없었고.

그 첫 교전에서 우리는 거의 정지한 상태로 응사하거나 아니면 적이 충분히 예측할 수 있는 경로로 움직이고 있었어. 그러니까 그 상태로 계속해서 싸웠다가는 전멸하는 건 시간문제였겠지. 저쪽에서 더 이상 교전을 원하지 않았던 게 천만다행이었어. 우리로서는 절체절명의 위기였을 거야.

그게 제일 궁금했어. 적이 왜 그 시점에 공격을 멈추었을까. 아직은 상대할 생각이 없었던 걸까. 어쩌면 우리가 함정을 파고 기다리고 있다고 생각한 게 아닐까?

나중에 비밀이 대충 밝혀졌는데, 문제는 결국 버글러 기동이었어. 함대가 이동하지 않는 동안에도 각 함선들은 전후 좌우 위아래 모든 방향으로 연료를 계속 분사해야 하니까 연료 소모가 너무 컸던 거야. 게다가 그렇게 꾸준히 열을 내면 선체도 더 빨리 가열되거든. 우리도 위기였지만 저쪽도 폭발할 위기였던 거지. 그게 참모부의 잠정 결론이었어. 물론 정답은 아무도 몰라.

데 나다 장군 최대의 업적은 우리 배도 그런 주정뱅이 기동을 할 수 있도록 선체 전체에 노즐을 덕지덕지 붙이는 급조 공사를 한 거라고들 해. 그건 그냥 말 한마디로 해결되는 게 아니었거든. 궤도연합군 본부에서 예산 승인이 떨어져야 하는데, 그러려면 정치라는 걸 해야 했어. 보통 어려운 일이 아니라는 소리야. 하지만 내가 생각하기에 그의 진짜 위대한 업적은 과감하게도 그 기간에 우리에게 휴가를 준 거였어.

"다음 휴가는 저승에서 보내주겠다. 지구를 점령하고 돌아오도록."

멋지지 않아, 이 사람?

그때, 내 인생 마지막일지도 모르는 금쪽같은 휴가를 받자마자 170시간을 날아가서 40시간 동안 너와 함께한 다음 다시 180시간을 날아서 복귀하려는 나에게, 후회되지 않느냐고 네가 물었지. 후회하지 않아. 한 번 더 휴가가 생긴대도 또 그렇게 할 거야.

"보고 싶었어" 하고 내가 너에게 말했을 때, "나도" 하고 네가 나에게 대답해주기까지 단 1초도 걸리지 않았던 그 순간을, 나는 행복이라고 기억해. 사랑한다는 너의 말에 단 한 순간도 망설임 없이 대답해도 너에게 닿는 데 17분 44초가 걸리고 그 말에 대한 너의 대답이 돌아오는 데 또 다시 17분 44초가 더 걸리는 지금의 이 거리를 두고 내가 가장 숨 막히는 게 뭔지 아니? 그건 대답이 돌아오기 전까지의 그 긴 시간 동안 우리 사이에 무슨 일이 일어나고 있는지 알 수 없다는 갑갑함이야.

적 함대와 첫 교전을 해보기도 전에 이곳 사람들은 이미 주정뱅이의 모순을 알고 있었던 거야. 35분 28초가 지난 뒤에도 그리운 그 사람의 마음이 그때 그곳에 한결같이 머물러주지는 않을 거라는 사실을 말이야. 그리고 그 사람의 마음이 옮겨갔다는 걸 아는 데는 또다시 17분 44초가 필요하겠지. 그게 우리를 한없이 불안하게 만들어. 데 나다 장군의 과감한 '휴가 작전'도 어쩌면 그래서 나온 건지도 몰라.

마음을 정확하게 조준할 수 있는 방법은 하나밖에 없었어. 주정뱅이의 모순이 일어나지 않는 거리까지 재빨리 다가가는 것. 그 생각이 들자마자 나는 그렇게 했어. 그리고 너에게 말했지. 사랑한다고. 그 말을 들은 네 표정을 읽는 데 또 35분 28초가 더 걸렸다면 나는 그만 말라비틀어지고 말았을 거야. 하지만 그 거리에서라면 절대 놓칠 리가 없었어.

그런데 너는 달랐지. 내가 하는 말을 자꾸만 못 알아듣는 거야.

"알아들었다니까. 나도 사랑한다고."

"아니, 그런 게 아니고."

"뭘 확인하고 싶은 건데? 심장이라도 꺼내달라는 거야?"

그렇게 말하는 너를 한참이나 말없이 바라봤어. 그때는 어떻게 표현해야 할지 몰라서 머뭇거리기만 했지만, 그때 내가 하고 싶은 말은 결국 이런 거였어. 그냥 사랑하는 게 아니고, 내가 날아온 거리만큼, 그 지긋지긋한 우주 공간만큼 사랑하는 거라고. 그래서 너를 한자리에 매어두고 싶다고. 하지만 그 말은 할 수 없었어. 정말로 너를 매어두는 게 옳은 일인지 알 수 없었으니까. 그 부분이 애매했지. 그래서 말할 수가 없었어. 그건 버글러의 모순을 해결한다고 전달될 수 있는 게 아니었어. 영혼에 관한 문제였으니까.

너와 작별하고, 사실은 조금은 아까운 휴가라는 생각을 하면서 다시 180시간을 날아서 함대로 돌아왔더니, 세상에, 우리 전함이 고주망태 주정뱅이가 돼버린 거 있지. 그 광경을 보고 참모장이 말했어.

"아니 애한테 얼마나 먹인 거야?"

개량 작업은 생각했던 것보다 훨씬 더 얼렁뚱땅이었을 거야. 나비가 날아갈 때처럼 규칙 없는 움직임을 만들기 위해서 선체에 전 방향으로 노즐을 달아야 했는데, 거기에 맞춰서 본체 디자인을 다시 할 시간까지는 없었으니까 그야말로 누더기가 되고 만 거지. 그래도 재미있기는 했어. 디자인이 본질적으로 바뀐 건 아니었지만 배들이 저마다 여기저기에 화려한 빛을 뿜어내는 장식물을 걸치고 있는 것 같았거든. 크리스마스 특집 함대처럼. 술을 진탕 먹여놓은 산타클로스들로 이루어진 폭도처럼 비틀거리는 함대.

그건 그냥 비유가 아니었어. 안 그래도 그 휴가 작전의 여파로 술독에 빠져버린 사람들이 많았거든. 연애 전선에 이상이 생긴 거지. 그 생각을 하면 왠지 UES가 우리한테 감찰군을 보낸 이유를 알 것 같아. 거의 완전히 이해가 돼. UES나 우리나, 문제의 근원은 거리잖아. 아무리 노력해도 절대 도달할 수 없는 거리라는 이름의 물리적 장벽 말이야. 그건 정말, 어마어마한 거리거든. 이렇게 글로 쓰면 간단해 보이지만, 불과 몇십 년 전만 해도 인류에게는 도저히 넘을 수 없을 만큼 아득하게 느껴졌던 거리니까.

우리 역시 똑같은 마음이었어. 사실 여기에 주둔해 있는 우리도 지구에 우리를 대리하는 감찰군을 보내고 싶은 마음이 간절했지. 이것저것 따져 묻고 이것저것 확인한 다음 무슨 각서라도 받아두고 싶은 마음 말이야. 장난으로라도 네가 친구들끼리 모이는 일요일 점심 모임의 이름을 '자유로운 영혼들의 모임'이라고 지었다면 나 역시 감찰군처럼 흥분하지 않았을까.

너를 만난 날, 내가 너에게 그 말을 하지 못했던 것도 그런 이유 때문이었을 거야. 결국 그건 집착이니까. 내가 여기까지 날아왔으니 나는 그 거리만큼 너를 어마어마하게 사랑하는 거고, 그러니 너도 그에 합당한 보상을 해야 한다고 주장하는 것 말이야. 절대 입 밖에 내지 말아야 할 말이지.

하지만 불행히도 함대 내에는 지구에 갔다가 결국 그

말을 내뱉고 돌아온 인간들로 가득했어. 남자고 여자고 다 마찬가지로. 결과는 물론 참담했지. 마침내 데 나다 장군이 함대 전체에 2주간 금주령을 내릴 때까지 함대가 온통 주정뱅이로 넘쳐났거든. 그거야말로 '파멸의 신전'이었어. 어느 날 데 나다 장군이 숙소에서 그 꼴로 망가져 있는 작전 장교 하나를 발견하고는 이렇게 말했대.

"함선이 버글러 기동을 할 수 있게 만들라고 했지, 내가 언제 자네더러 직접 버글러 기동을 하라고 지시하던가?"

나는 다행히 너에게 그 말을 하지 않았고, 함대로 복귀하고 나서도 비교적 멀쩡한 정신 상태를 유지할 수 있었어. 그러다 자연스럽게 데 나다 사령관의 눈에 띄게 된 거야.

"자네는 아직 멀쩡하군."

자신을 제거하는 것을 강령으로 삼고 활동 중이던 반란군 리더를 참모로 기용하면서 사령관이 한 말이야. 그때만 해도 감찰군이라는 게 나타나서 그 일을 걸고넘어질 줄은 꿈에도 몰랐지. 감찰군이라는 게 우주를 건너온 시점부터 이 전쟁에서는 낭만이라는 걸 찾아보기가 점점 어려워졌어. 돌이켜보면 우리는 점점 해병대가 돼갔던 것 같아. 지구 쪽에서 기대했던 것보다는 훨씬 느린 속도였지만 말이야. 나는 내내 그 변화가 달갑지 않았어.

감찰군 사령관 리델 원수가 평시 작전 지휘권 일부를 접수한 지 두 달 정도가 지났을 무렵에 적과의 두 번째 교전이자 최초의 본격적인 접전이 일어났어. 교전 초기 상황은 우리가 예상한 그대로였는데, 우리 공격이 먹히지 않았을 뿐만 아니라 이제는 적의 공격도 안 통했어. 말하자면 절반의 성공이었지만, 함선 내부 상황은 그렇지 못했지. 상상해봐. 패턴이라고는 없는 완전한 카오스를 지향하며 흔들리는 배에 타고 있는 우리를 말이야. 버글러 기동이 시작되자마자 멀미가 느껴지기 시작했는데, 이게 또 급조된 상태라 선내 완충장치가 엉망이었거든. 진짜로 술을 잔뜩 퍼마시고 작전을 수행하는 기분이었달까. 주정뱅이 버글러 씨의 영혼에 빙의된 것 같았지. 물론 버글러 씨는 아직 멀쩡히 살아 있지만 말이야.

15분쯤 지나니까 이러다가는 진짜 공격을 안 당하고도 죽을 수 있겠다는 생각이 들더라고. 작전 장교로서의 판단은 좀 달랐어. 적을 없애지는 못할지언정 우리만 속절없이 당하지는 않았으니까 그것만으로도 본전은 찾았다 싶었던 거지. 일단은 살아남아야 전술이고 전략이고 생각해볼 수 있으니까.

그런데 그 와중에 결정적인 문제가 노출됐어. 시간이 지나면서 적의 공격이 뜸해진 것 같더니, 잠시 후에 정밀 사격이 시작된 거야. 저격이라고 할 것까지는 없지만 아무튼 사격 빈도가 줄어들고 정확성이 더 높아진 거였지. 그런데 이게 좀 이상했어. 정확성을 높이려는 시도였다고는 하지만, 언제는 안 그런가? 우리가 아무리 심한 멀미에 시달리고 있다 해도 기계들은 언제나 정확히 사격을 하고 있었거든. 빛의 속도로 날아가는 루시퍼 입자가 중간에 옆길로 샐 일도 없고 말이야. 우리가 안전을 보장받을 수 있는 유일한 수단은 버글러의 모순이라는 법칙

밖에 없었어. 루시퍼 입자를 피하려면 그 어마어마한 거리의 장벽 뒤에 서 있는 수밖에 다른 방법이 없거든. 그리고 그것만은 언제나 신뢰할 수 있는 방법이었고. 그런데도 그 일이 일어난 거야. 상대의 '정밀사격'에 우리 함선이 파괴되는 사태가.

그날 적이 물러날 때까지 117척의 전함이 파괴되고 사상자가 4만 9253명이나 발생했어. 아직 전함이 2747척이나 더 남아 있었으니까 대패까지는 아니지만, 어쨌거나 판정패였지. 물론 교전에 직접 참여한 사람들의 판단은 그보다 훨씬 나빴어. 우리가 그날 교전을 완패로 기억하는 건, 아직 다듬어지지 못한 버글러 기동으로 인해 전함대가 겪어야 했던 그 무지막지한 멀미 때문이야. 아직도 많은 사람들이 그날을 함대 전체가 궤멸할 뻔한 날로 기억하고 있거든.

다시 기운을 차리자마자 감찰군 사령관 리델 원수가 한 일은 당연히 버글러 기동을 위한 완충장치를 보완하는 일이었어. 동시에 참모부에는 버글러 기동이 실패한 이유를 알아내라는 데 나다 장군의 특명이 떨어졌지.

왜였을까. 초점은 당연히 예언에 맞춰졌어. 그렇잖아.

30광초 거리에서 4분 후에 적이 어디에 있을지를 알아낼 수 있는 방법은 전혀 없었으니까. 그걸 알아내는 건 예언이라는 말의 정의와 완전히 같았어.

"그럼 뭐야? 상대편 우주선마다 예언자라도 하나씩 타고 있다는 거야?"

참모장 세이모어 장군이 (이건 콜 사인이 아니라 별명이야. 그냥 하는 말이 아니라, 진짜로 말이 많은 양반이거든) 황당하다는 듯 물었지만, 아마 참모장 본인도 알았을 거야. 우리 함대의 존재 자체가 이미 예언자의 능력을 다른 무엇보다 확실하게 증명하고 있다는 걸. 그가 예언하지 않았다면, 그리고 그 예언이 들어맞지 않았다면, 우리는 처음부터 거기 있지도 않았을 거야. 그건 정말, 꿈에서조차 생각지 못했을 일이었으니까.

"그럼 곤란한데."

보고를 듣고 데 나다 장군이 말했어.

"그럼 예언쟁이들이 또 광분할 텐데. 리델 원수가 기고만장하겠구먼. 그 꼴은 보고 싶지 않은데. 다른 원인이 있을 수 있는지 찾아봐. 못 찾으면 다음 교전 때는 버글러 모순이 일어나지 않는 거리까지 돌격해서 되든 안 되든 근접전을 하는 수밖에 없어. 그런 거 딱 질색인데 말이야."

그러면서 내 쪽을 돌아보는 거 있지. 그 일을 맡으라는 뜻으로 말이야.

"저요?"

"그래."

"저는 그냥 근접 전투를 하는 게 낫겠다는 의견을 낸 쪽인데요. 버글러 모순이 없어지면 멀미도 안 날 거고, 그러면 사기가 올라갈 거고. 게다가 저는, 일단 해임되기는 했지만 전직 반란군 사령관……"

"하여간 공군 놈들, 말 많은 거하고는. 자네 우주 태생이라고 했던가?"

내 쪽에서 먼저 진 빚이 있었으니 결국 명령을 받아들이는 수밖에 없었어. '반란군' 문제 말이야. 그건 가벼운 빚이 아니었거든. 어쩌겠어. 일단은 천문학자, 수학자, 물리학자 같은 사람들을 긁어모았어. 그 사람들을 데려다가 피격된 선체부터 조사했는데, 이번에도 역시 연옥 입자 반응이 검출됐다는 거야. 루시퍼 입자가 뚫고 지나간 흔적이라는 거지. 그건 루시퍼 입자가 우주에서 가장 보편적인 절대 무기가 틀림없다는 뜻이기도 하고, 또 우리 적들이 우리와 본질적으로 다를 게 없는 무기로 무장하고 있다는 증거이기도 해.

결국 일을 해결한 건 수학자들이었어. 우리 함선에 장착된 버글러 기동 동작 프로그램에 결함이 있다는 걸 밝혀낸 거야. 그 프로그램은, 쉽게 말해서 버글러 기동 중인 함선의 움직임에 그 어떤 패턴도 생겨나지 않도록 제어하는 역할을 하는 장치거든. 카오스에 무한히 가까워지도록 하는 거지. 그런데 그게 잘못됐던 거야. 충분이 오랜 시간 동안 관찰한 다음 충분히 성능 좋은 계산기로 궤적을 추적하면 결국 패턴을 만들어낼 수 있다는 거지. 문제는 우리 기술이 거기에 못 미친다는 거였어. 상대 패턴을 계산하는 데 한 달은 걸린다니까. 결과는 저세상에서나 받아볼 수 있겠지.

반면 그 한 달 동안 우리 수학자들이 연구한 결과를 총동원해서 우리 함선들의 움직임을 계산했더니 딱 5분 뒤에 예측 가능한 패턴이 도출되는 거야. 그만큼 우리 패턴이 단순했다는 거지. 그날 모의 기동연습에서 나는 리델 원수의 작전 참모가 지휘하는 가상 함대를 습격해서

270대의 전함을 완파한 다음 아무 피해도 받지 않고 어둠 속으로 사라졌어. 차이는 단 하나, 패턴이었어. 내가 사용한 프로그램이 감찰군 것보다 딱 한 달 차이만큼 개선된 거였거든.

결과가 나오는 순간, 데 나다 장군이 리델 원수 쪽을 바라보며 이렇게 말했어.

"요즘은 반란군도 이 정도는 합니다."

그 말은 패배의 원인이 예언은 아니었다는 뜻이었어. 또 내가 생각보다 쓸 만한 인재라는 뜻이기도 했지.

나는 스타가 됐어. 덕분에 예언서 구두 암기 시험이 전부 취소됐거든. 그 대신 그 사람들 전부가 보다 정밀한 카오스를 만드는 데 동원되기는 했지만. 그래도 다들 예언서를 외우는 것보다는 카오스를 만드는 일을 더 좋아하는 것 같더라고. 물론 더 좋은 계산기를 지구로부터 받아내기도 했고 말이야.

"도대체 얼마나 좋은 기계가 필요하다는 거야? 우리 함대에는 그런 거 없어?"

아는 정비 장교를 찾아가 물었더니 그 친구가 이렇게 대답하더군.

"당연히 없지. 원래 우주선에 장착된 컴퓨터들이라는 게 좀 그래. 정말 깜짝 놀랄 만큼 구식이거든. 컴퓨터에 비하면 우주선은 진짜 무지하게 오래 쓰는 기계니까. 컴퓨터는 몇 달만 지나도 고물이 돼버리고 말이야. 우리는 이걸 인공'지능'이라고 불러. 어중간한 작전 장교한테는 차마 못 붙이는 호칭이지. 지능이라니. 아무튼 이게 얼마나 대단하냐면, 당신이 작전 브리핑하는 거 몇 번만 들어보면 그다음 작전 브리핑 때 당신이 서른네 번째 음절을 어떤 자음으로 시작할지까지 예측할 수 있을걸."

"설마."

"내기할까?"

나는 그 대화를 한참 동안 잊고 있었는데, 그러던 어느 날이었어. 보다 완전한 버글러 기동을 위한 모든 준비가 완료되고 새 프로그램이 계산을 시작한 지 8일째 되던 날 아침에, 그 정비 장교가 내가 그날 브리핑에서 말할 서른네 번째 음절의 첫 글자를 예측했다고 하더라고. 나만 빼고 모두가 알고 있었던 눈치였어. 그리고 그날 브리핑에서 나는 정말로 그 글자로 서른네 번째 음절을 시작했고 말이야.

예언이 봉인된 종이봉투와 그날 아침 내 브리핑 내용이 담긴 영상을 확인한 다음, 나는 곧바로 데 나다 장군에게 가서 이렇게 말했어.

"이제 붙어볼 만하겠는데요."

언젠가 너에게도 말한 적이 있을 거야. 흔히들 우주선을 배라고 부르기는 하지만 우주에서는 바다에서 배가 조난되듯 우주선이 처참하게 침몰하는 일은 일어나지 않는다고. 공격을 받아 파괴될 수는 있어도 어딘가로 가라앉을 일은 없을 거라고 말이야. 엔진이 고장 나거나 연료가 바닥난다 해도 그냥 그 위치에 머무르는 거지 사라지는 건 아니니까. 그런데 그 말, 사실은 거짓말이었어. 우리는 평상시에도 이 깊고 깊은 우주 한구석에 조용히 침몰해 있어. 창문도 하나 없는 잠수함처럼.

함대라고는 하지만 지금 내가 타고 있는 배에서 가장

가까운 배만 해도 거의 지구 반지름만큼이나 멀리 떨어져 있어. 분명 거대한 함선이 틀림없지만, 그 거리에서 보면 정말로 별처럼 조그만 점으로밖에는 안 보여. 방향을 잃고 조난당한 배 위에서 북극성을 바라보듯 서로가 서로에게 별이 되는 거리. 불을 끄고 태양빛이 반사되는 각도를 세심하게 조절해서 어둠 속으로 서서히 모습을 감추고 나면 그나마도 육안으로는 알아보기가 힘들어. 어마어마한 연료를 낭비해가며 몇 달이고 끊임없이 불을 밝히던 새 휴양선마저 위치를 노출시키지 않기 위해 가동을 멈추고, 혹시라도 전파가 새 나가지 않도록 함선 전체가 열 방출을 최소화한 채 교신까지 완전히 차단하고 나면 이곳은 그대로 잠수함이 돼버려.

아니, 어쩌면 누군가에게는 여기가 잠수함보다 훨씬 갑갑한 곳일 거야. 특히 지구 출신들에게는 더 그렇겠지. 적어도 바닷속에서는 중력이 어디로 작용하는지 정도는 직접 느낄 수 있잖아. 지구인들이 사랑해 마지않는 지구의 소리를 말이야. 물론 나나 우주 출신 1세대인 데 나다 장군한테는 전혀 상관없는 이야기였지만.

세 번째 교전은 앞의 두 번과는 달랐어. 적이 나타날 때까지 가만히 앉아서 기다리는 게 아니라 우리가 먼저 함정을 파놓고 반격할 기회를 노리고 있었거든. 어차피 그 수밖에 없기도 했어. 우리는 적의 위치를 몰랐으니까. 그래도 우리한테 유리한 점이 하나는 있었어. 저들의 정체가 뭐고 어디에서 왔으며 또 무슨 목적으로 우리를 공격하는지는 전혀 알려지지 않았지만, 다음에 나타났을 때 저들이 뭘 노릴지는 대강 알고 있었거든. 그래, 우리 함대 말이야. 적어도 어디서 싸우게 될지는 우리가 선택할 수 있었다는 거지.

"그러니까 예언서를 보면, 예언자가 본 건 적 함대까지였던 모양이야. 저런 우주선을 이끌고 저런 식으로 공격해오는 걸 본 거지. 차원의 문을 넘어서 말이야. 물론 그 양반이 군사 전문가는 아니었으니까 저놈들이 버글러 기동을 한다거나 하는 세세한 것까지는 못 알아봤겠지. 이게 작성된 시점의 지식 수준이라면 아마 군사 전문가가 봤어도 뭔지 몰랐겠지만. 아무튼 예언자가 생각하기에는, 그런 걸 봤으니 우리도 그 비슷한 걸 만들어야겠다고 생각한 듯해. 상식적인 해법이지. 그리고 당시 UES 사람들이 생각했던 것보다 훨씬 더 현명한 처방이기도 했고."

참모장 세이모어 장군이 그렇게 운을 뗐어. 어떤 면에서 그렇게 현명했는지 제발 한 번만 물어봐달라는 투로 말이야.

"어떤 면에서요?"

결국 내가 물었어.

"궁금해? 음, 그건 말이지, 일종의 커다란 미끼 전략이라고. 그전 재앙 때도 그랬지만, 언제나 표적은 지구였거든. 사람도 제일 많이 살고, 아무튼 이 근방에서 제일 북적대는 데니까. 그런데 지금은 이런 거대 함대를 지구 멀리 우주에 띄워놨잖아. 그러니 외부인들이 보기에 인류 문명 전체의 무게중심이 어디에 가 있는 걸로 보이겠느냐는 말이야. 지구야, 우리 함대야?"

"그래도 아직은 지구 쪽이 아닐까요?"

"아니지. 당장 UES 궤도연합군 사령부만 해도 벌써 인류의 무게중심이 이쪽에 와 있는 게 아닐까 의심하는 단계라고. 괜히 감찰군 같은 걸 보냈겠어? 그러니 지구하고는 아무 상관도 없는 사람들이 보면 어떻겠어? 저런 함대를 이끌고 여기까지 날아온 놈들 입장에서는 당연히 이

쪽을 전략 목표로 생각하게 돼 있거든. 그러니까 이런 함대를 띄워놓으면 최소한 지구 자체는 직접 공격 목표에서 제외된다 이거야. 예언자 양반은 그걸 생각한 거라고."

모두가 그 말에 동의하는 건 아니었지만, 그들이 우리를 다시 찾아올 거라는 사실에는 이견이 없었어. 이미 두 번이나 그랬으니까. 그렇게 우리는 반격하기 좋은 대형을 갖추고 우주라는 거대한 장막 속에 조용히 잠복해 있었어.

그러던 어느 날이었어.

"자네 요즘 애인하고 사이가 안 좋은 것 같던데."

갑자기 데 나다 장군이 심심해 죽겠다는 투로 묻는 거 있지. 대답 따위 안 들어도 상관없다는 투로 말이야.

"예, 뭐. 편지가 뜸하더라고요. 요 몇 주는 작전 장교 전원이 정보 보호 차원에서 사적인 연락은 자제하고 있으니까요."

"누가 그러래?"

"그러게요. 도대체 누가 그런 명령을 내렸을까 짜증이 날 법도 한데, 결국 우리 스스로 내린 명령이나 다름이 없어서 따질 데도 없어요. 물론 사령관님 명의로 나간 지시

사항이기도 하고요."

"내가? 그래서 어쩌고 있는 거야? 어디 가서 술이나 퍼마시고 있는 거 아니야?"

"어쩌긴요. 영상 메시지는 꿈도 못 꾸고, 보내지도 못할 편지나 쌓아두는 거죠. 발송했다가는 감찰군에 불려 가서 또 무슨 소리를 들을지 모르니까요. 그 검열이 그 검열이 아닐 텐데, 이제 편지 훔쳐보는 것도 전투태세 검열의 일부라고 주장하는 것 같아요."

"그런가."

"사령관님은요?"

"나? 나야 뭐. 나 한번 만나보겠다고 저렇게 찾아오는 손님들이 있잖아. 영접해야지."

그가 말했어. 손님이란 건 물론 외계인들을 가리키는 말이겠지.

찾아온다. 영접한다. 문득 묘한 기분이 들더라고. 목적이 침공이든 뭐든, 저 끝없이 펼쳐진 우주를 건너 굳이 우리를 찾아오는 외계 생명체들. 도대체 왜 그러는 걸까? 그보다 어떻게 그럴 수 있는 걸까?

우주 공간에 떠 있는 일이 늘 조난당한 기분인 이유는

주위의 빈 공간에 비해 우리가 차지하는 공간이 너무 작기 때문이야. 지구 크기의 공간에 우주선 딱 두세 대니까. 행성 크기의 공간에, 그러니까 누군가에게는 세상 전부일 수도 있을 만큼 거대한 공간에 홀로 남겨져 있다는 것. 그래, 그건 조난이야. 무언가에 깊숙이 잠겨버리고 만다는 뜻이지. 어둡고 고요하며 거대하고도 막막한 무언가에.

그게 뭔지는 콕 집어서 말하기 어려워. 그건 글자 그대로 아무것도 아니니까. 존재하지 않는 무언가. 아무것도 존재하지 않는다는 사실 그 자체.

6400킬로미터야. 무려 지구 반지름 정도 되는 거리에 아무것도 존재하지 않아. 지표면에서 사람은 해안에서 겨우 1킬로미터 떨어진 바다 위에 버려져도 쓸쓸하게 표류하다 외롭게 사라지지. 그런데 우리는 바닷물조차 채워져 있지 않은 반경 6400킬로미터의 공간에 깊숙이 잠겨 있어. 그 너머에 있는 단 하나의 점과, 그 뒤에 다시 펼쳐진 수천 킬로미터의 허무. 그 너머에 또다시 펼쳐진 상상할 수 없을 만큼 거대한 공백. 그건 벽이야. 아무것도 가로놓여 있지 않지만, 아무것에도 닿을 수 없는 절대적

고립 상태.

커다란 방 안에 서 있다고 상상해봐. 기둥 하나 없이 탁 트인 방에. 사방에는 벽이 있어. 빤히 보이는 평범한 벽인데, 다만 거기까지의 거리가 수백만 킬로미터야. 그 방 한 가운데에 서 있는 거지. 일반적으로는 시야를 가리는 것 없이 사방이 빤히 보인다는 건 마음을 놓아도 좋다는 뜻이야. 뭔가가 갑자기 튀어나오지는 않는다는 소리니까. 그런데 이 방 안에서는 그렇지 않아. 빛의 속도로 딱 30초 거리만 떨어져 있어도, 지금 내 눈에 빤히 보이는 광경이 30초 뒤에도 그대로일 거라는 확신을 못 해. 거기에서 방 전체를 휩쓸 만큼 거대한 폭발이 일어났다 해도 30초가 지나기 전까지는 알 수 없어. 나를 노리는 맹수가 도사리고 있다면, 어딘가에 몸을 숨길 필요도 없이 시공간의 벽 뒤에 저절로 모습을 감출 수 있어. 내 눈에 보이는 게 진실이 아닌 거지. 거리가 멀어질수록 왜곡도 심해져서, 사방을 꼼꼼히 살피고 있어도 눈에 들어오는 어느 것 하나도 투명하게 느껴지지 않는 순간을 맞게 되는 거야.

빛의 속도로 30초라니. 그게 얼마나 먼 거리인지 실감이 나니? 그 거리의 장벽이 너무 두껍게 느껴져서 때로 우리는 수심 수백 미터의 물속에 침잠해 있는 난파선에 갇혀 있는 것처럼 난감하고 갑갑한 기분에 빠지기도 해. 아무것으로도 채워져 있지 않아서 더없이 투명해 보이지만, 수조에 담긴 물이 사물의 형태를 왜곡하듯, 그 너머에 있는 사건과 존재의 진실을 빠짐없이 왜곡하는 두껍고 탄탄한 무의 장벽. 그 뒤에서 적이 나타나기를 기다리는 거야. 30광초보다 훨씬 두꺼운 시공간의 장벽을 뚫고 우주 저편에서부터 우리를 찾아 날아오는 정체불명의 외계인들을.

그리고 아무리 두꺼운 장벽도 단숨에 뚫어버리고 날카롭게 파고드는 루시퍼 입자를!

함선 정면 쪽 외부 화면을 멍하니 바라보고 있던 내 눈에 정체를 알 수 없는 섬광이 번쩍 스치고 나갔어. 그러더니 갑자기 경보가 울리는 거야. 연속 입자 검출 경보였어. 루시퍼 입자가 스쳐 지나갔다는 경보. 불발이었겠지. 천만다행으로. 명중했다면 아마 살아 있지도 못했을 테니까. 그리고 그와 동시에 적 함대가 47.52광초 거리에서 갑자기 모습을 드러내면서 포격을 개시했다는 보고가 자동으로 올라왔어. 섬광이 비쳤던 바로 그 위치에서 말이야.

발각됐구나. 식은땀이 흘렀어. 죽을 뻔했으니까. 함선이 곧바로 버글러 기동을 시작했고, 나도 즉시 함대에 루시퍼 입자 방출을 승인했어. 응사 명령이지. 그러면서 이런 생각이 들었어. 어떻게 47광초 밖에서 날아온 공격이 0.1초도 안 돼서 여기까지 도달했지? 우주에서 거리는 절대적인 장벽인데. 그건 그 무엇도 우회할 수 없는데.

답은 간단했어. 생각해보면 당연한 일이었어. 적 함대가 광선을 발사하는 장면을 실은 빛이 내 눈에 도달하는 데 걸리는 시간이 47초. 그때 발사된 루시퍼 입자가 우리 옆을 스쳐 지나가는 데 걸리는 시간도 47초. 그래서 관측과 사건이 동시에 당도하는 거야. 피격되리라는 사실을 인지하는 동시에, 대비할 틈도 없이 당하고 마는 거지.

"참모장님은 알고 있었어요?"

"너는 기함旗艦 작전 장교가 아직 그것도 몰랐어?"

그리고 참모장의 사설이 이어졌어.

"옛날에 어느 유목민들이 정착민들의 나라를 침공했어요. 국경 수비대가 그 광경을 보자마자 가장 빠른 말을 보내서 도성에 그 소식을 알렸지. 며칠 뒤에 도성에 파발이 도착했는데, 보고를 받은 바로 다음 날 아침에 일어나 보니 이미 도성이 적 선봉대에 포위된 상태인 거야. 적의 선봉대도, 그 소식을 알리기 위해 달려간 전령도 똑같이 말을 타고 달렸으니까, 적이 국경을 넘었다는 소식이 왕에게 닿자마자 도성이 공격을 당한 거지. 뭐 새삼스러운 일도 아니야. 어차피 통신 속도는 광속이 한계고 우리는 이미 오래전에 거기에 도달해 있으니, 문명이 발달할수록 어떤 부분은 오히려 옛날로 돌아가는 게지. 무기 속도가 통신 속도를 따라잡는 일만 남았으니까."

세이모어 장군이 느긋한 말투로 한참을 떠들어댔지만, 나는 그 소리를 듣는 내내 심장이 쿵쾅거렸어. 절대 뚫을 수 없을 것 같았던 투명한 우주의 장벽이 그렇게 순식간에 뚫리는 광경을 지켜봤으니까. 그게 사실은 착시에 불과하다고 해도 마찬가지였어. 죽을 뻔한 거잖아. 좀처럼 흥분이 가라앉지 않더라고. 그런 생각이 드는 거야. 우리가 정말로 전쟁을 하고 있는 거였구나. 우리처럼 그냥 없는 걸로 쳐도 좋은 하찮은 존재를 찾아 여기까지 날아와 준 건 대단히 고맙지만, 그 만남이 생각처럼 낭만적이지는 않구나.

아군 기함이 반격을 가하는 것을 신호로, 매복해 있던 아군 병력 전체가 루시퍼 입자를 쏘아댔어. 응사하기 좋은 대형으로 미리 준비하고 있었던 만큼 이번에는 아군의 반격도 만만치 않았어. 못해도 100대 가까이 격침시켰을 거야.

그건 정말 현실감 없는 싸움이었어. 소리라도 들렸으면 좀 달랐을 텐데, 우주에는 대기가 없어서 밖에서 아무리 치열한 전투가 벌어져도 이 안은 그저 고요하기만 해. 아무 예고도 없이, 별 긴장감도 느끼지 못한 채, 나도 모르게 삶과 죽음이 갈리는 거야. 중간 과정도 없이 그냥 사라지는 사람들. 마지막 변론도, 죽음을 피하려는 몸부림도, 정의의 칼을 받으라는 외침도, 전부 생략된 채 신속하게 진행되는 최후의 즉결심판.

교전이 끝날 때까지 나는 전장 외부를 비추는 화면을 가만히 들여다보며 서 있었어. 수천 개의 빛줄기가 쏟아져가고 또 쏟아져오고. 문득 비 내리는 서울 거리를 50층 높이에서 내려다보던 때가 떠오르더라. 너의 곁에서 말이야.

나는 나도 모르게 감탄하고 말았어. 그렇게 아름다운

광경이 또 있었던가. 번쩍번쩍, 그 거대한 시공간의 장벽을 가로지르며 온 우주를 다 밝힐 듯 요란하게 반짝이는 우주의 빗줄기. 버글러 기동 중인 아군 함선들. 루시퍼 입자에 이끌려 아마도 연옥 입자를 짙게 흩뿌리며 지옥으로 빨려 들어가는 순간에 양쪽 함선들이 내뿜는 마지막 불꽃. 이걸 너에게 꼭 한번 보여주고 싶다고 말해도 괜찮은 걸까. 아니면 우주 어디에서도 다시는 이런 광경이 펼쳐지지 않았으면 좋겠다고 말해야 옳은 걸까. 그야말로 잔혹하도록 아름다운 광경이었어. 빛을 나르는 악마들의 무도회처럼.

솔직히 승리라고 부르기에는 다소 어정쩡한 전과였지만 리델 원수는 기꺼이 이날의 전투 결과를 대승으로 평가했어. UES 본부에 그렇게 보고하기 위해서였겠지. 그 덕에 열흘 뒤에는 나한테도 새 계급장이 나왔는데 예전 것보다 날개가 두 개나 더 달려 있더라고. 하나도 아니고 말이야.

"목숨값이군요. 저쪽에서 조금만 더 정확하게 쐈어도 흔적도 없이 사라질 뻔했는데."

내 말에 데 나다 장군이 대답했어.

"그날 죽은 사람들 걸 자네한테 옮겨 달아준 거지. 당분간은 무거울 거야, 그 계급장."

그 말 그대로였어. 곧 전사자들을 대체할 대규모 병력이 새로 배속될 거라는 소식이 들렸거든. 신형 함선 배속 문제도 거론됐는데, 그 이야기는 몇 년 전부터 지겹도록 들어왔던 거라 믿는 사람이 별로 없었지. 그런데 놀랍게도 딱 한 달이 지난 뒤에, 글쎄 격침된 함선들을 대체할 새 우주선들이 지구 궤도를 출발했다는 거야. 진짜로 그 일이 일어난 거지. 더 신기한 건 200척이 넘는 새 배들이 전부 리델 원수의 감찰군 휘하에 배속되었다는 사실이었어.

그 소식을 전해 듣고도 데 나다 장군의 표정에는 아무 변화가 없었지만, 참모부 소속 작전 장교치고 데 나다 장군의 마음이 그 순간 어느 항로로 방향을 틀었는지 알아채지 못한 사람은 아무도 없었어. 머지않아 결단의 순간이 오리라는 예감 같은 게 떠올랐던 거지. 데 나다 장군이 결심을 행동으로 옮기는 순간에 그를 따라야 할 것인가 말아야 할 것인가 하는. 물론 그 상황을 떠올려본 게 처음은 아니었지만, 새로 단 계급장 때문에 나는 그 선택이 한층 더 무겁게 느껴졌어. 선택의 순간이라는 건 생각보다

일찍 찾아오는 법이니까.

어느 날은, 임무를 마치고 인수인계를 한 다음 옛 휴양선에 들렀다가 데 나다 장군을 만났거든. 예전에 반란군이라는 이름으로 모이곤 했던 바로 거기에서 말이야.

“잠깐 앉지. 배치 계획 이야기는 스물네 시간 뒤에나 꺼낼 생각이니까 걱정하지 말고. 나도 그때까지 휴가라. 그러고 보면 말이야, 이 사령관 자리라는 게 이럴 때는 참 피곤해. 자네처럼 누가 2계급 특진을 시켜주는 게 아니어서, 내가 알아서 챙겨 먹는 수밖에 없거든.”

내가 고개를 끄덕이며 다가가자 그가 의자를 권하면서 다시 말을 꺼냈어.

“바텐더가 그러는데 요즘은 반란군 모임이 통 안 열린다더군. 와해된 건가? 아니면 음지로 잠입해 들어갔나? 자네 지도력에 한계가 온 것 같다던데.”

“글쎄요. 그건 잘 모르겠고, 요새 작전 장교들이 다들 워낙 한가해서요. 사령관님 덕분에.”

물론 비꼬는 말이었지. 그러고는 다시 침묵이 흘렀어. 데 나다 장군이 그렇게 말주변이 좋은 양반은 아닌데, 그날따라 나도 어쩐지 할 이야기가 별로 없더라고. 우리는 아무 말 없이 술잔만 기울였어. 이야기가 끊어져도 상관없었지. 그냥 쉬러 간 거였으니까.

그 옛 휴양선은 지구의 중력을 재현하는 일 같은 건 그다지 신경 쓰지 않고 만든 배였어. 긴 원통형 기둥에 커다란 원반 모양의 테두리가 둘려 있고, 선체가 회전하면 원심력이 발생하면서 중력 비슷한 걸 느낄 수 있는 정도였지. 탁구장이 있었는데 인기는 별로 없었어. 왜냐하면 그런 식으로 발생한 인공중력은 작용 방향이 벽면에 딱 수직이 아니었거든. 공을 아래로 떨어뜨리면 선체 회전 방향을 따라 약간 비스듬한 각도로 떨어지니까, 탁구를 치면 늘 한쪽이 유리한 경기가 돼. 그래서 하다 보면 어느 순간 시들해지는 거지.

그래도 수면실은 꽤 인기가 있었어. 우주에 나와서도 역시 등을 바닥에 대고 자야 편안하다고 느끼는 사람들이 적지 않았으니까. 그러면서도 굳이 푹신한 침대를 찾는 걸 보면 진짜로 바닥 자체를 편하게 느끼는 건 아닌 것 같았지만 말이야.

사람들이 그 낡은 휴양선을 굳이 찾아가는 유일한 이유는 그 배가 민간 구역 취급을 받기 때문이야. 그렇지 않으면 거기까지 찾아갈 이유가 별로 없겠지. 일반 전투함이라고 휴양 시설이 전혀 없는 건 아니거든. 어차피 숙소가 전부 전투함 안에 있으니까. 전투함 휴게실에서도 할 게 꽤 많지만, 그래도 인기는 별로 없어. 영내 시설로 분류된다는 이유 하나 때문에.

함대 위치가 노출될 우려가 있다는 이유로 새 휴양선 가동이 중단되면서 옛 휴양선은 다시 사람들로 가득했어. 특히 면회소 구역 쪽은 지구에서 온 사람들 때문에 다른 곳에 비해 분위기가 훨씬 더 활기찼고. 뭐랄까, 밝고 따뜻하달까. 무엇보다 거기에 가면 아이들을 볼 수 있거든. 울고 소리 지르고 싸우고 앞만 보고 뛰어다니는 아이들. 나한테는 그게 제일 좋은 휴식이었어. 면회소 근처를 어슬렁거리면서 시간을 보내는 거. 거기에 있으면 모든 게 평소와는 달라 보여. 병사들은 청년으로 보이고, 나이 많은 장군들은 노인으로 보이는 거지. 애들이 몇 명 섞여 있으면 더 완벽해. 어쨌거나 우리도 세대를 이어가고 있다는 느낌이 드는 거지. 시간은 결국 우리를 용서해줄 거라는 생각이 드는 거야. 뭘 잘못한 건지는 나도 잘 모르겠어. 왜 용서가 필요한 걸까?

나는 데 나다 장군을 가만히 바라봤어. 그런 풍경 한가운데 놓여 있었어도, 그냥 노인이라고 부르기에는 어딘지 애매한 외모였어.

"그런데 여기는 어쩐 일이세요? 누굴 만나러 오신 건 아닐 텐데."

거의 한 30초쯤 뒤에야 대답이 돌아오더라고. 바로 옆에 앉아 있었는데 말이야.

"사람 구경하러 왔지 뭐. 계급이나 지위 같은 거 상관없이 그냥 평범한 노인네처럼."

"그렇게 쪼그리고 앉아 계신다고 평범한 민간인이 되는 게 아닐 텐데요. 진짜로 그런 기분을 느끼고 싶으시면 휴가를 지구로 가셨어야죠. 가게 주인이 제정신이라면 지금 그 술도 돈을 내라고는 차마 못 할 텐데…… 잘하면 제 것도요."

그는 벌써 좀 취한 분위기였어. 그제야 자세히 살펴보니 테이블 위에 손바닥만 한 옛날식 액자가 놓여 있었어. 사령관 집무실에 있던 거였는데, 20년 전에 사별한 부인 사진이었지. 그래서 내가 물었어.

"제사 지내러 오신 거예요?"

그랬더니 그가 흠칫 놀라면서 말하더군.

"하여간 미친 공군 놈들 말하는 버릇하고는."

사령관이 부인 이야기를 하도 많이 해서 참모부 식구들은 모두 그분에 대해 잘 알고 있었어. 원래 궤도연합군 소속 화성궤도군 정보 장교였다는 사실부터, 나중에 군 경력을 마치고 지구로 돌아갔다는 이야기까지. 사람은 지구 중력에 적응하도록 진화되어 있어서 무중력 환경에서 오래 살다 보면 아래쪽으로 가야 할 체액이 상체 쪽에 머무르는 시간이 더 길어져서 다들 얼굴이 부어 보인다는 장황한 설명부터, 그래서 사령관이 처음 그분을 만났을 때는 그냥 경쟁에 오래 노출된 사람치고는 마음 씀씀이가 여전히 곱고, 특히 업무 능력은 손에 꼽을 만큼 출중하다는 인상뿐이었는데, 나중에 지구에서 우연히 마주치고는 저렇게 미인이었나 하고 감탄했다는 소리까지. 하도 들어서, 어느 지점에서 맞장구치고 어느 순간에 딴지를 걸어야 하는지도 모두가 아는 레퍼토리였지. 사진 속에는 젊은 시절의 사령관이 지구에서 우연히 만난 부인의 모습이 그대로 담겨 있었고.

데 나다 장군이 사진 속의 아내를 가만히 들여다보면서

말했어.

“그래도 나는 지구에 뿌리내리지는 못했어. 얼굴이 좀 부어 보여도 여기가 우리 고향이니까. 지구가 아니라.”

나는 그 말을 하는 사령관의 얼굴을 가만히 들여다봤어. 역시 작은 얼굴은 아니더군. 그런데 그쪽도 마찬가지로 내 얼굴을 빤히 쳐다보는 거야. 아무래도 내가 뭔가 말을 해야 할 차례인 것 같아서 결국 내가 먼저 입을 열었지.

“뭐죠? 지금 이 분위기는? 혹시 방금 그 말씀은 저를 포섭하려고 하신 말씀인가요? 우주 태생끼리의 유대감 같은 걸 자극해서, 뭐 그런?”

그러자 그가 자리에서 일어나며 말하더군.

“포섭 같은 소리 하고 있네. 자네 포섭해서 어디다 써먹게? 공군 놈들 말버릇부터 가르쳐야지 원. 나는 이만 먼저 일어나네. 더 있다 가든지. 아, 그건 계산 안 해도 될 거야.”

내가 필요했던 걸까, 아니면 그저 누구든 지지해줄 사람이 필요했던 걸까. 그가 내 술잔을 가리켰어. 겨우 술 한 잔. 그가 나에게 준 건 그게 다였어.

그에 비하면 리델 원수가 내민 선물은 훨씬 비싼 거였지.

“자네 능력이면 함장 자격쯤은 충분하다고 보는데. 전쟁 중이니 인사 적체를 신경 쓸 때도 아니고.”

리델 원수의 말에 나는 숨을 크게 들이쉬고 생각에 잠긴 듯 주위를 살폈어. 시간을 벌려고 말이야.

리델 원수의 집무실은 기대했던 것보다 훨씬 더 고풍스러웠어. 그의 기함 전체가 고전적인 장식으로 가득 채워져 있었지. 원래 감찰군 신형 함선은 길이에 비해 몸통이 굵은 데다 자전 속도도 다른 함선들보다 약간 빨라서, 인공중력이 꽤 큰 편이야. 거기에 공간 전체가 차분히 가라앉은 듯한 느낌을 주는 실내장식이 더해져서, 엄숙하고 중후한 느낌이 방 안에 가득했어.

다른 효과도 있었겠지. 인공중력을 그렇게 키워놓으면 지구에서 쓰는 물건을 여기저기 갖다놓을 수 있거든. 중력으로 물건을 고정시키는 셈이니까. 그의 집무실에는 우주 함대에서는 흔히 볼 수 없는 지구식 가구들이 잔뜩 들어차 있었어. 아마도 최대한 엄숙한 느낌을 주도록 잘 계산된 위치에 놓아둔 거겠지. 하지만 그중에서도 제일 위압적인 건 그런 소품들이 아니라 천장이었을 거야. 방

자체의 면적은 생각보다 크지 않은데 천장의 높이는 가로세로를 합한 것보다도 훨씬 높았거든.

“새 함선이 곧 실전 배치될 예정인데, 함장을 맡을 사람이야 얼마든지 있지만 이왕 충원할 바에야 순서대로 진급시키는 것보다는 뭐든 새로운 시도를 해보는 게 낫지 않겠나 싶네만.”

그의 책꽂이에는 세 권의 바이블이 나란히 꽂혀 있었어. 첫 번째는 예수가 등장하는 그 바이블이야. 위와 아래를 구분하는 인간의 본성에 관한 지구 사람들의 신념. 그 다음이 예언서야. 그동안 인류가 발을 디디고 살아온 대지가 어쩌면 생각보다 탄탄하지 않을지도 모른다는 의심. 우주 저편에서 날아온 존재와의 만남, 곧바로 이어지는 전쟁, 그리고 그 모든 이야기의 귀결점인, 우주 저편과 이쪽을 이어주는 통로 역할을 하는 정체불명의 천체 ‘파멸의 신전’에 관한 신앙. 외계에서 온 존재를 쏟아낼 뿐만 아니라, 언젠가는 지구를 통째로 삼켰다가 우주 저쪽 출구로 뱉어내기 위해 서서히 지구 공전궤도를 향해 옮겨가게 되리라는 그 차원의 문에 관한 예언서. 하지만 제일 이상한 건 세 번째 바이블이었어. 그 모든 위협에 대처하기 위해 UES가 참조하고 있는 가장 중요한 실전 지침서. 그게 뭐였는지 알아? 신기하게도 그건 바로 데 나다 장군의 함대 전술 전략 지침서였어.

"이건 새 함선 모형이네. 버글러 기동 장치가 붙박이로 들어가 있지. 가속도나 연료 효율 면에서는 따라잡을 함선이 없고, 열 방출량 조절 폭도 사상 최대야. 어때? 탐나지 않나?"

나는 그의 책상 위에 놓인 함선 모형을 집어 들었어. 규정을 보니 외부로 나가는 문건에서 함선의 외양을 묘사하는 건 규정 위반이지만, 그 모형이 어떤 식으로 놓여 있었는지를 이야기하는 건 별문제가 없다고 나와 있더라. 그래서 하는 말인데, 내 눈에는 함선의 형태 자체보다 그 모형 아래쪽으로 삐져나온 가느다란 금속선이 더 흥미로워 보이더라고. 무슨 말이냐면, 그 모형이 받침대 위에 고정돼 있었던 거야. 중력이 있는 집무실의 책상 위에 놓으려고 말이지.

거기가 데 나다 장군의 집무실이었다면 아마 그런 받침대는 필요 없었을 거야. 그냥 허공에 띄워놓으면 그만이니까. 그편이 더 보기 편하고, 실제로 그 함선이 배치될 환경에도 잘 어울리고 말이야.

“이건 최근에 주문이 들어간 근접전용 무기인데……”

리델 원수가 새 무기 체계의 성능에 관해 설명하는 동안 나는 머릿속으로 감찰군이 야전에서 범할 법한 실수들을 전술 수준과 전략 수준에서 각각 분류한 다음 그중 어떤 게 함대 전체에 가장 치명적일지를 따져보기 시작했어. 모두가 그 함선 모형 때문에 시작된 생각이었지. 그 받침대가 암시하는 것처럼, 우주 공간에는 존재하지도 않는 위와 아래를 쓸데없이 가정하고 접근했다가는 전술 차원에서든 전략 차원에서든 반드시 사각死角이 생기고 말거든. 빤히 보고도 절대 알아차릴 수 없는 구조적인 맹점이 생길 거라는 이야기야.

새 무기 체계 이야기도 물론 궁금하기는 했지만, 나야 뭐 어차피 작전 장교니까 머지않아 그런 이야기는 귀에 못이 박히도록 듣게 돼 있었으니, 예습까지 해둘 필요는 없었지. 마침내 설명을 다 마친 리델 원수가 흐뭇한 미소를 지으며 내 쪽을 바라보는데, 그제야 나는 내가 그의 장황한 연설에 뭔가 반응을 보여야 할 차례라는 걸 깨달았어. 하지만 할 말이 없었지. 하나도 안 들었으니까. 질문의 요지는 데 나다 장군을 따를지 자기를 따를지 정하라는 거였는데, 그건 어차피 대답할 수 있는 질문도 아니었고. 나만 그 방에 들어갔다 나온 것도 아니고 다른 사람들도 마찬가지로 줄줄이 불려 갔다 왔다는데, 우리 결론은 역시 아무 대답도 안 하는 게 상책이라는 거였거든. 위에서 지시가 내려오기 전까지는 어느 쪽으로든 섣불리 나서서 편을 정하지 않는 편이 안전했으니까.

한참 동안이나 내 대답을 기다리다가 결국 리델 원수가 먼저 입을 열더라고.

"그럼 잘 생각해보게."

나가서 생각해보라는 거였어. 잘 버텨낸 거지.

"예!"

경례를 하고 돌아서서 집무실을 나서는데 말이야, 문득 그런 생각이 드는 거야. 데 나다 장군 방에서 나올 때도 내가 경례를 붙였던가?

"자네가? 설마. 그런 적 없어. 기대도 안 해."

그게 데 나다 장군의 대답이었어. 마음에 드는 대답이었지. 그래서 이렇게 덧붙였어.

"그럼 앞으로는 경례를 해드리겠습니다."

그랬더니 그 양반, 감동받은 표정으로 내 얼굴을 빤히 들여다보는 거야. 그러고는 이렇게 말하더라고.

"왜 그러고 서 있는 거지? 그래서 뭐 어쩌라고? 감동받으라고? 혹시 자네, 원래 그렇게 하게 돼 있는 건 알고 있나? 저기 가면 승무원 복무 규정이라고 있는데, 거기 보면 아마 상관 집무실에서 일을 마치고 나올 때는 반드시 경례를 붙이라고……"

또 일장 연설이었어. 그대로 뒀다간 30분이 될지 한 시간이 될지 아무도 모르는 연설이었지. 나는 얼른 다음 작전 계획에 관한 보고서를 꺼내 들었어.

"저기, 장군님, 다음 작전 계획 말씀인데요, 이건 어떨까요? 갑자기 떠오른 아이디어인데, 디코이를 깔아놓고 매복하는 방안을 구성해보려고요. 에, 그러니까……"

디코이decoy라는 건 위장용 미끼야. 함대와 비슷한 전파 신호를 내서 우리 위치를 교란시키는 장비. 비싸지도 않고 여러모로 쓸모가 있겠다 싶어서 알아봤더니 아직 제조 공장 숫자도 많지 않고 그나마도 전부 지구 중력권 근처에 모여 있어서 수급이 좋지 않을 거라지 뭐야. 게다가 그 계절에는 태양을 사이에 두고 지구가 우리 주둔지 반대편에 가 있어서, 궤도연합군 사령부에서는 몇 달 뒤 지구가 여기까지 공전해 와서 우리와의 거리가 최대한 좁혀지는 시점까지는 절대 물건을 보내줄 수 없다고 딱 잘라 말하더라고.

뭐, 그래 봐야 그게 얼마나 하겠어. 우리가 평소에 낭비하는 돈을 생각하면 그 정도는 사실 별거 아니었겠지. 리델 원수가 요청했으면 금방 해결될 일일 텐데 그 무렵 우리 참모부가 감찰군에게 협조를 구하기 애매한 상황이었거든. 그래서 결국 주둔지를 옮기기로 했어. 아예 수십억 년 전부터 디코이가 잔뜩 깔려 있던 곳으로 말이야.

"우리를 따라 할 디코이를 구할 수 없으니 우리가 디코이를 따라 하는 수밖에."

참모장이 비장한 표정으로 그렇게 말했어. 의기양양한 미소를 띠면서 말이야.

우리는 목성 근처 소행성대에 머물면서 마치 소행성이라도 된 듯이 움직였어. 우리 항로를 소행성 궤도에 맞췄다는 뜻이야.

우주에서의 항법이라는 건 지구인들이 언뜻 떠올리는 것과는 조금 달라. 우주에 나와 있는 것들은 세 가지 정도 방식으로 움직이거든. 행성처럼 무언가 중력이 있는 것 주위를 비교적 짧은 주기로 계속해서 돌거나, 굉장히 긴 직선을 그리면서 어딘가를 향해 끝도 없이 날아가거나, 아니면 제자리에 멈춰 있거나.

이 방식들은 옛날 사람들이 천상계의 운동이라고 불렀던 것과 비슷해. 지상에서의 불완전한 운동과는 구별되는 완전무결한 움직임 말이야. 사실 완전한 원은 아니고 결국 타원으로밖에는 못 움직이겠지만, 지상에 매여 있지 않은 천상의 피조물은 그렇게 둥근 궤적을 그리고 있어야 하거든. 행성이든 별이든 혹은 신이든. 그 생각을 하니까 어딘지 모르게 숙연해지는 거 있지. 신의 걸음걸이를 흉내 내는 일이라니.

우리는 소행성 하나를 부숴서 파편을 퍼뜨려놓기로 했어. 목성 공전궤도 뒤쪽, 목성과 태양의 인력이 거의 똑같은 크기로 작용하는 다섯 개의 지점, 그중에서도 제일 안정적인 두 지점 중 하나였지. 거기에 소행성들이 모여 있는 곳이 있거든. 난파된 배들의 무덤처럼 말이야.

그 일은 아마도 지구 밖에서 이루어진 역사상 가장 심각한 규모의 자연 파괴였을 거야. 그래도 반대는 많지 않았어. 수천 수만 갈래로 흩뿌려지는 파편들. 아직은 원래 소행성의 공전궤도를 따라 거대한 물줄기처럼 대체로 한 방향으로 흘러가고 있지만, 소행성이 부서지는 순간에 받은 충격량에 따라 저마다 조금씩 다른 방향으로 흩어져갈 수많은 파편들. 시간이 충분히 흐르면 그중 상당 부분이 태양계 어딘가로 뿔뿔이 흩어지겠지. 대부분 목성 쪽으로 떨어지고 말겠지만.

그 파편들이 흩어지는 속도와 방향에 맞춰 우리는 함대를 재배치했어. 그 사이에 몸을 숨긴 거지. 파편 뒤에 숨었다는 게 아니라 그 움직임 사이에 섞여 들어갔다는 뜻이야. 그런다고 적이 영원히 우리 위치를 알아내지 못하진 않겠지만, 함선 한 척 한 척의 정확한 위치까지만 발각되지 않으면 상관없었어.

방법은 알 수 없지만, 어쨌든 적이 다시 우리가 있는 곳 근처에 나타나리라는 것만은 분명했어. 몇 번이고 그래왔으니까. 우리가 할 일은 그들을 기다리는 것뿐이었어. 좀 더 유리한 상태에서 그 순간을 맞이할 수밖에 없었지. 그러기 위해서는 우리 위치를 속이는 것만큼 좋은 방법도 없지 않겠어? 정확한 배치 상황을 모르면 적은 우리 위치를 확인하기 위해 공격함을 넓게 퍼뜨리거나, 아니면 정반대로 기습을 당하지 않기 위해 한 지점에 밀집해 있거나 둘 중 한 가지 방법을 택할 수밖에 없거든. 그걸 보고 우리는, 적이 너무 넓게 퍼져 있으면 제일 밀도가 낮은 곳을 노려서 돌파하면 되고, 너무 밀집돼 있으면 우회기동을 해서 포위하면 그만이었어. 어느 쪽이 됐든 적은 가장 적절한 밀도를 유지하는 데 실패하게 돼 있으니까. 원래 있던 움직임이 아니니까, 새로 생긴 소행성 파편들의 움직임을 완전히 파악하려면 적들도 일단은 조사가 필요할 거야.

문제는 그 일이 우리에게도 마찬가지라는 거였어. 일거리가 잔뜩 생겼다는 뜻이지. 그때부터 참모부 전체가 분주한 나날을 보냈어. 함대를 어떻게 나눠서 잠복시켜놓을지, 적 출현 상황에 따라 어떤 식으로 병력을 재배치할지, 미리 계획을 수립해야 했거든. 도대체 끝이 있기는 할까 싶을 정도로 골치 아픈 일이었지만 결국 끝이 보이더라고. 끝으로 참모장이 감찰군 사령부로부터 최신 천문관측함 두 척을 얻어 오는 것으로 모든 준비가 마무리됐어. 화룡점정이었지.

거기에는 정말 끝내주는 광학 망원경과 전파 망원경이 탑재돼 있었거든. 어찌나 거대했던지, 참모부 천문병 말처럼 천문관측함에 망원경이 실려 있는 게 아니라 망원경에 엔진이 붙어 있다고 봐야 할 정도였지. 참모장은 그

두 개의 천체 망원경을 참모부 관측국에 임시로 배속하고, 함대에 있는 천문학자들을 모두 불러 모았어. 나도 거기로 배속됐고.

"자, 그럼 관측 시작. 하나도 빠뜨리지 말고 낱낱이 파악하도록."

다시 긴 적막이 흘렀어. 엔진을 멈추고 주변의 소행성 파편이 움직이는 모양을 따라 관성 비행을 하면서 함선의 발열량을 최소화한 채로 그들이 나타나기를 기다리는 거였어. 온통 검게만 보이는 깊고 깊은 우주 공간 속으로 조용히 조용히 침잠해 들어가는 거지. 바깥에서는 소리를 전달해줄 공기가 없어서 아무 소리도 들려오지 않았어. 옆 사람 숨소리만 겨우 들릴 듯 말 듯했지. 루시퍼 입자가 빛의 속도로 공간을 가르는 치열한 접전 중에도 우주는 늘 조용하기만 하거든. 떠드는 건 우주선에 탄 사람들뿐이야. 두려워하거나 놀라거나 아니면 다급해하면서.

나는 망원경에 비친 우주로 시선을 옮겼어. 함대 천문학자들 중에는 바로 그 망원경 때문에 궤도연합군에 입대한 사람도 수두룩하대. 인류가 만든 것 중 최고의 망원경이라나. 그게 왜 지구가 아니고 이런 데 와 있는 거냐고? 적을 탐지하기 위해서였어. 여기서는 서로가 서로에게 별이 되어 있으니까.

옛날 옛날 아주 먼 옛날에, 핵무기가 처음 만들어지던 무렵에 말이야. 누군가가 그런 생각을 했어. 궤도에 인공위성을 띄워놓고 거기에서 방사선 같은 걸 검출하게 하면 지상에서 발생한 핵폭발의 흔적을 바로바로 찾아낼 수 있을 거라고. 그러면 어느 나라에서 어떤 규모로 핵실험을 하는지 곧바로 알 수 있지 않겠어? 그 생각이 받아들여져서, 마침내 인공위성을 띄우게 됐어. 그런데 그 인공위성이 가동되고 첫 관측 결과가 지상에 있는 기지로 전송된 순간 사람들은 그만 깜짝 놀라고 말았대. 여기저기 너무 많은 곳에서 핵폭발 신호가 감지됐거든. 벌써 핵전쟁이라도 일어난 듯 어지러운 신호가 말이야.

알고 보니 그 신호는 대부분 우주 저편에서 날아온 거였대. 우주 어디에선가는 늘 끊임없이 대폭발이 일어나니까. 어떤 건 수백억 년 전부터 날아온 거고, 또 어떤 건 몇십만 년을 날아온 거였겠지. 가시광선 영역만 놓고 보면 우주는 늘 암흑으로 가득한 것처럼 보이지만, 인간의 눈으로 보지 못하는 다른 영역에서는 늘 떠들썩한 사건들이 일어나고 있으니까.

궤도 위에 올라가서 가만히 귀를 기울이면 우주의 환호성이 너무 요란스러워서 지구 표면 어느 구석에서 일어나는 핵폭발 따위는 알아들을 수조차 없을 만큼 작게 들리는 거야. 그 소리를 알아들을 방법은 하나밖에 없었대. 우주에서 날아오는 모든 신호를 하나도 빠짐없이 이해하는 것. 우선 그 신호를 모두 잡아내서 우주를 완전히 이해한, 다음 거기에 해당하지 않는 신호를 골라내는 거야. 그게 바로 인간이 새로 일으킨 핵폭발이거든. 그래서 인류는 군인들이 낸 돈으로 우주를 공부하기 시작했어. 내 적이 무슨 짓을 하는지 알아내기 위해 우주에서 무슨 일이 일어나는지를 관찰하기 시작했다는 거야.

우리가 한 일도 그것과 같아. 우리 함대는 수십만 개의 파편들이 떠다니는 소행성대에 매복해 있었고, 우주 저편에서부터 우리를 제거하러 온 적들을 알아보려면 그 파편들의 움직임을 전부 파악해야 했거든. 소행성에 관한 정보는 모두에게 충분히 알려져 있었지만, 우리가 부숴버린 소행성 파편에 관한 정보는 아직 충분하지 않았으니까. 적에게나 아군에게나 마찬가지로 말이야.

다시 말하면, 그 근방에서 보이는 밤하늘 전체를 파악해야 했다는 뜻이기도 해. 우주 전체를 말이야. 그래서 함대 지휘부는 물론 그 서슬 퍼런 감찰군 사령부조차도 천문관측함에 소속된 정보 장교들이 군사용 망원경을 이용해 한가하게 학위 논문이나 쓰고 있는 행태를 지적하지 않았어. 우주를 최대한 자세히 알아두는 게 원래 그 사람들이 하는 일이었으니까.

천상의 규칙에 따라 움직이는, 고요하고 적막한 최전방 야전 천문대.

매복은 그렇게 500시간 넘게 이어졌어. 그동안 우리는 UES 궤도사령부가 어쩌면 그렇게 무능한지에 대한 성토로 시작해서, 점차 자기 명령 계통에 있는 직속상관 전원의 인격적 결함을 동료에게 상세하게 설명하는 것으로 화제를 옮긴 다음, 마지막으로 적의 정체에 관해 함대 내에서 떠도는 음모론을 유형에 따라 크게 다섯 가지로 분류하고 각각의 가능성을 평가하기까지 했어. 심심해 미칠 것 같았다는 말이야.

그렇게 매복을 시작한 지 520시간을 조금 넘겼을 무렵에, 마침내 어디선가 이런 보고가 들려온 거야.

"미확인 천체가 발견됐습니다. 개체 수 확인 중입니다. 아군 평균속도와 비슷합니다. 현재 가속 중."

물론 그건 별 무리를 찾아냈다는 이야기였지. 별이 되어버린 적 함대를.

그들은 늘 그런 식으로 모습을 드러냈어. 맨 처음 발견된 순간부터 결코 느리다고는 할 수 없는 아군 함대의 이동속도와 거의 똑같은 속도로 움직이는 상태였지. 게다가 사실상 같은 궤도라고 해도 좋을 만큼 거의 똑같은 방향으로 이동하는 중이었고 말이야. 지구식으로 말하면, 그냥 하늘에서 뚝 떨어진 게 아니라 뚝 떨어지는 순간에 이미 최대 속도로 달려가고 있었다고나 할까.

어떻게 그 정도로 정확하게 우리 움직임을 알고 있었던 걸까? 내통하는 사람이 있었던 걸까? 아니면 우리의 존재 자체가 그들이 출현 방식을 결정하는 직접적인 이유였던 걸까? 방법이 뭐든 결국 적들이 우리를 따라오게 되어 있었어. 애초에 그 점을 이용한 매복 작전이었지만, 보면 볼수록 이상한 광경이었지. 뭔가 위화감이 드는 출현 방식이랄까.

네 번째 교전은 그때까지 우리가 겪은 싸움 중 가장 치열한 접전이었어. 두 대의 망원경에 실제로 포착된 우주에서, 우리 천문학자들이 미리 그려둔 우주의 상세한 지도를 제거해냈어. 잡음을 제거하듯이 말이야. 그랬더니 수천 개의 선명한 점들이 모습을 드러냈지. 예상대로 적 함대는 전열을 광범위하게 분산시킨 채로 우리가 매복한 곳을 향해 접근하고 있더군. 일단 우리 배치 상태를 파악해야 했으니까 그게 제일 자연스러웠겠지.

데 나다 장군은 우리 참모부가 미리 세워둔 계획대로 함대를 한곳에 밀집시켰어. 그리고 적이 사정거리 안으로 들어오자 그쪽을 향해 루시퍼 입자를 발사했고, 그걸 신호로 전 함대가 전투태세에 들어갔어. 버글러 기동을 하면서 루시퍼 입자를 방출하는 것 말이야.

상대도 곧 응사했지만, 병력을 너무 넓게 분산시킨 탓에 전체 함선의 절반 정도는 초기 교전에 투입되지도 못했어. 딱 우리 예상대로였지. 루시퍼 입자야 멀리 날아간다고 위력이 약해지는 게 아니지만, 문제는 버글러 모순이었어. 거리가 멀어질수록 버글러 모순의 효과가 커져서, 어느 거리 이상 멀어지면 명중률이 거의 0이 돼버려.

사실상 사정거리가 생기는 거지. 그래서 너무 멀리 떨어져 있는 함선은 무의미한 병력이 되고 마는 거야.

우리는 순간적으로 수적 우위를 점했어. 양측의 함포 명중률은 이제 별 차이가 안 났으니까, 그 상황에서는 무조건 우리 쪽에 유리한 싸움이 되는 셈이었지.

쏟아지는 빛줄기들. 루시퍼 입자가 전장 여기저기에서 섬뜩한 빛을 내며 번쩍이는데, 날아가는 것도 있고 날아오는 것도 있었지. 물론 육안으로는 다 확인할 수 없지만 우리한테는 두 대의 고성능 천체 망원경이 있었으니까. 예전 같으면 지구 근처에 있는 망원경 영상을 이용하느라 전장 상황을 파악하는 데 시간이 꽤 걸렸을 텐데, 이제는 현장에 배치된 망원경을 통해서 거의 몇 분 안에 전장 상황을 확인할 수 있었지.

예전에는 그 몇 분이 아주 결정적이었어. 우리에게 불리한 쪽으로 말이야. 왜냐하면 우리 적들은 늘 갑자기 모습을 드러냈거든. 혜성이 다가오듯 아주 멀리서부터 진행 방향을 식별할 수 있는 형태가 아니었어. 땅굴을 파고 튀어나오듯 갑자기 모습을 드러내고는 기습 공격을 시작하는 거지. 그걸 상대해야 하는 우리 위치는 적에게 투명하게 노출된 채로 말이지.

하지만 이제는 상황이 달라진 거야. 성능 좋은 망원경이 가까이에 있다는 건 전술적으로도 꽤 의미 있는 일이었지. 그 효과가 바로바로 나타났어. 교전이 진행되고 있는데, 잠시 뒤에 이런 보고가 올라오더라고.

"교전 중인 적 함대가 탈출을 시도합니다. 역방향으로 가속을 시작했습니다. 궤도를 이탈합니다."

궤도라는 건 아군과 적군과 우리 디코이 역할을 하는 수십만 개의 크고 작은 파편들 모두가 따라가고 있던, 원래 소행성의 공전궤도를 말하는 거야. 그 궤도가 물살이라면, 적 함대는 물살을 따라 우리를 뒤에서 쫓아오는 위치에 있었고. 그러니까 역방향으로 가속을 시작했다는 건 거리가 점점 멀어지고 있다는 말이었지.

그러자 리델 원수가 이끄는 감찰군이 퇴각하는 적 함대를 쫓아 먼저 그 방향으로 가속을 시작하는 게 보이더군. 나머지는 데 나다 장군의 명령을 기다리고 있었고.

"추격할까요?"

"기다려."

아마도 데 나다 장군은 적이 전열을 재배치하는 모양을

지켜보고 있었을 거야. 우리도 그 모습을 예의 주시하고 있었고. 분명 그건 달아나는 함대의 전열이 아니었거든. 등골이 오싹해지는 광경이었지. 우리 망원경에는 적 함대가 능숙하게 진영을 방어 태세로 전환하면서 밀집 대형을 유지한 채 전선을 빠져나가는 모습이 보였는데, 사실 그 정도 방어선이면 추격하는 게 큰 의미가 없어져. 어차피 상대도 패주하는 게 아니니까. 잠시 후에 데 나다 장군이 전군에 추격 중지 명령을 내렸지만 감찰군은 한동안 독자적으로 추격을 계속했어. 얼마 뒤에는 리델 원수도 결국 추격을 포기할 수밖에 없었지만.

그리고 바로 그때 그 일이 일어난 거야. 우리는 재빨리 망원경에 포착된 모든 천체의 정보를 나타내는 화면으로 눈을 돌려야 했어. 바로 그 순간에 말이야, 퇴각하던 적 함대가 갑자기 시야에서 사라져버렸거든. 광학 망원경으로도, 전파 망원경으로도 전혀 포착할 수 없는 상태가 돼버린 거지.

"뭐야?"

참모장이 묻는데, 나라고 딱히 할 말이 있어야지.

"뭐지? 전멸한 거야?"

다시 사령관이 물었어. 물론 그럴 리는 없었지. 설령 무슨 사고가 나서 함대 전체가 파괴됐다면 오히려 더 많은 파편이 포착되는 게 맞잖아.

"저놈들 도대체 정체가 뭐야?"

누군가가 그렇게 중얼거리는데, 나도 딱 그 말을 하고 싶더라고. 그들은 도대체 어디에서 와서 어디로 사라지는 걸까? 우리를 공격하지 않을 때는 어디에서 뭘 하고 있었던 걸까? 수십 년이나 UES와 우리의 머릿속을 떠돌던 수수께끼를 풀 실마리를 담고 있는 결정적 장면. 그들은 우리에게 탐지되지 않는 어딘가로 피신해서 다음 공격을 준비하고 있었던 게 아니라, 정말로 우주 저편 어디론가 완전히 사라져 있었던 거야.

"그게 실마리야? 사라져서 어디로 가는데?"

내 말을 듣고 참모장이 물었어. 아마 본인도 답을 알고 있었을 거야. 우리 모두의 머릿속을 스쳐 지나간 바로 그것. 예언서 말이야. 지구와 우주 저편을 이어주는 차원의 문이라는 거. 우리와 멀지 않은 곳에, 생각보다 훨씬 더 가까운 곳에 그게 열려 있었던 거지. 파멸의 신전이라는 정체불명의 천체가.

그러자 문득 이런 생각이 들었어. 우리는 지금 누구와 싸우고 있는 거지? 우리 적이 진짜로 저 함대가 맞나? 혹시 더 거대한 존재와 싸우고 있는 건 아닐까? 아, 도대체 이게 뭐 하는 짓일까. 정말 이상한 전쟁이었어. 그런데 전에는 왜 이런 고민을 진지하게 하지 않았던 걸까.

갑자기 배신감이 들더라. 내 적들에 대한 배신감이 말이야. 그들은 정정당당하게 거리의 장벽을 뚫고 온 게 아니었어. 하긴, 그럴 리가 없잖아. 몇백만 년이 걸릴지 알 수 없는 원정이었을 테니까. 뭐든 지름길을 건너왔겠지. 예언자도 분명 그런 힌트를 줬고, 그게 아니어도 우리 모두가 이미 짐작하고 있던 사실이었어. 어딘가에 지름길이 있다는 것. 소행성대를 골라서 매복을 시도했던 이유 중 하나도 그거였지. 그 '차원의 문'의 성능을 시험해보는 것.

하지만 그 광경을 직접 눈으로 확인하는 순간, 그동안 정정당당하게 맞서왔다고 생각했던 적이, 이 우주에서 우리 함대와 대적할 수 있을 만큼 강력한 유일한 적이, 줄곧 반칙을 해왔다는 생각이 드는 거야. 우리는 그 개고생을 했는데, 우주란 건 결국 솔직하게 하나하나 직접 극복해나가는 수밖에 없는 거라고 굳게 믿어왔는데 말이야.

허무감이 밀려왔어. 원래부터 마음속에 지니고 있던 거대한 공허를 비로소 발견한 건지도 몰라. 우주 출신의 태생적 존재론 같은 것 말이야.

네가 나를 찾아온 건 바로 그 무렵이었어. 내가 하는 일의 의미가 무엇인지 처음으로 진지하게 고민하던 시기.

"나 안 반가워?"

여기 사는 다른 사람들처럼 너도 자연스럽게 얼굴이 커져 있었어.

"반가워."

그래서인지 미소 짓는 네 얼굴이 갑자기 낯설게 보이더라.

"네가 말한 새 휴양선은 가동 안 한다더라. 얼마나 근사 한가 싶어서 구경하러 왔는데, 아까 누구한테 물어보니까 그거 정지시킨 장본인이 아마 너일 거라던데."

왜 그렇게 보였을까. 왜 어색하게 느껴졌을까. 연락이 뜸해서 그런 걸까. 아니면 내 머릿속이 너무 복잡해서일까.

"아, 그게 그렇게 되나? 틀린 말은 아니네. 참모부에서 나온 이야기고, 나도 거기에 속해 있으니까."

"뭐야? 속았잖아. 새 휴양선 좋다는 말만 믿고 여기까지 찾아왔는데."

찾아왔다. 네가 그렇게 말했어. 지구에서 여기까지, 먼 우주를 지나 나를 만나러 왔다고. 정직하게, 공간의 벽 어딘가에 구멍을 내어 훌쩍 건너뛰지 않고, 1킬로미터씩 혹은 단 1미터씩이라도 조금씩 조금씩 거리를 좁혀서 정직하게.

"그동안 연락이 뜸했지? 네가 안 물어봐서 말 안 했는데, 그동안 나 사실……"

그들은 어떻게 그 문을 나서자마자 우리를 찾아오는 걸까? 나는 그날 일이 계속 떠올랐어. 우리 망원경이 적 함대를 발견한 다음 순간에 적들이 어떤 배치를 하고 있었는지.

"괜찮아. 상관없어. 나도 작전 중이라 연락 자주 못 했으니까."

"그래도."

그들은 우리가 어떤 대형으로 잠복하고 있는지 몰랐어. 우리가 뭘 하고 있는지 전혀 몰랐던 거야. 그런데도 망설임이 없었어. 분명 그들은 어딘가를 향해 성큼성큼 다가오는 중이었어. 다른 건 몰라도 적어도 그들의 목표가 어디에 있는지는 너무 잘 알고 있다는 듯이. 어떻게 그럴 수 있었을까. 나는 기억을 떠올렸어. 그날 그들이 향하던 곳! 위화감이 들더라. 함대 야전참모부 소속 작전 장교의 직감이라고 해야 할까, 그날 전장에서 느낀 무언가가, 순간적으로 떠올랐다가 금방 사라졌던 무언가가, 다시 머릿속을 가득 채우는 거 있지. 그날 나는 알고 있었던 거야. 적 함대가 목표로 삼은 지점이 정확히 어디였는지를.

"미안해."

네가 말했어. 그리고 내 대답은 이랬을 거야. 정말 어이없게도!

"기함이었구나!"

"기함? 듣고 있어, 내 말?"

"응?"

그들은 기함을 노리고 있었던 거야. 마치 처음부터 기함의 위치만큼은 알고 있었다는 듯이. 그들이 노린 건 데나다 장군이었던 거지.

"내 말 듣고 있느냐고."

네가 왔다 갔다는 소문이 참모부 안에 쫙 퍼진 거 알아? 문제는 그 참모부라는 게 또 함대 전체에 쫙 퍼져 있다는 거였어.

"자네가 먼저 헤어지자고 했다며. 뭘 어쩐 거야? 여기까지 날아왔는데 그냥 돌려보낸 거야?"

참모장이 대뜸 그렇게 묻더라고.

"돌려보내긴 누굴 돌려보내요? 소문이 그새 얼마나 커진 거예요? 아직 안 갔거든요. 퇴근하고 다시 만날 거예요. 그렇게 걱정되시면 조퇴나 시켜주시든지."

하지만 그 무렵 참모부는 일하러 나온 사람을 선뜻 조퇴시켜도 될 만큼 한가하지 않았거든. 한 시간 전에 자러 들어간 사람도 아무렇지 않게 불러내야 하는 형편이었으니까. 숙제가 많았어. 사라진 적 함대의 행방을 알아내는 게 제일 큰 과제였고, 그다음이 우리 측 기습에 대한 적 함대의 대응 기동을 연구하고 분석하는 일이었지. 나는 적 함대를 추적하는 일에 자원했는데, 데 나다 장군이 직접 와서 나에게 적 함대 분석 일을 맡기는 바람에, 내내 궁금했던 걸 더 캐볼 수는 없었어.

데 나다 장군은 그날 적 함대가 보인 움직임에 약간 충격받은 눈치였는데, 어쩌면 동경이라는 표현이 더 어울릴지도 몰라. 우리는 아직 그만큼 유연하게 움직일 수 없었거든. 우주선이 무슨 비행기도 아니고. 기본적으로 여기는 관성의 지배를 받는 공간이라 함선이 자유자재로 방향을 틀거나 갑자기 멈춰 설 수가 없어. 기본적으로는 급류에 쓸려 내려가는 돛단배 같은 신세지. 지휘부가 어떤 대형을 주문한다 해도, 딱 그 모양대로 우주선을 모는 건 쉽지 않아. 모든 함선에 숙련된 항행 기술을 지닌 조종사가 탑승하고 있어야 함대 전체가 상황에 맞게 대형을 바꿀 수가 있으니까. 그런데 적 함대는 아무렇지도 않게 그 일을 해내고 있었던 거야. 훈련 정도나 실전 경험에서 엄청난 차이가 난다는 거지.

“아무래도 사령관은 우리도 저렇게 됐으면 하는 눈치

지?"

참모장이 넌지시 묻더라.

"우리가요? 저건 서커스 수준인데요. 저런 기동을 하려면 함선 성능이 지금보다 훨씬 좋아야 될 텐데, 좋은 건 전부 감찰군 소속이니 원. 감찰군으로 간 함선을 빼 오는 거 말고 다른 방법이 있을까요?"

"글쎄. 훈련을 많이 하면?"

"글쎄요. 정말 훈련을 많이 하면 되는 걸까요?"

물론 함대 안에는 이미 기동훈련이 강화될 거라는 소문이 쫙 퍼져 있었어. 항행 기술의 차원이 다르다는 사실을 직감한 게 함대 사령관 한 명은 아니었던 거지. 우리도 다 보는 눈은 있었으니까.

"이러다 진짜로 해병대 분위기 나겠는데. 뭐, 그건 그거고. 이건 어디서부터 손을 대야 하는 거지? L-22 함포 명중률 분석, 후퇴 기동 중 버글러 기동 패턴 분석, 비상시 함대 재배치 명령 전파 과정 간소화 방안……"

"제가 명중률 분석을 맡죠."

나는 그렇게 대답한 다음, 관련 자료를 긁어모아서 전파 망원경이 설치된 천체관측함으로 자리를 옮겼어. 연옥 입자를 추적하는 데는 거기만큼 편한 곳이 없거든. 그건 검출된 연옥 입자를 가지고 루시퍼 입자의 궤적을 역추적하는 일이었는데, 그 많은 루시퍼 입자를 전부 다 추적할 수는 없고, 일단 제대별 함포사격 통계를 대충 들여다본 다음 그중 눈에 띄는 데를 골라 집중적으로 교전 상황을 재검토하는 방식으로 접근했어. 그런데 언뜻 눈에 띄는 데가 있더라고. 참모부 동료인 P가 배속된 소함대의 함포사격 결과였는데, 다른 함선에 비해 거기만 명중률이 현저하게 떨어지는 거야. 나는 P에게 연락해서 그 사실을 알려줬어.

"왜 그쪽만 명중률이 바닥이냐? 기체 결함이야?"

"모르겠네. 기체 결함이라고 하기에는 열 척이 전부 그 모양인 게 설명이 안 되고."

"너 때문에 그런 거 아냐? 그거 말고는 설명이 안 되는데."

"맞을래?"

나는 천체 망원경에 기록된 전투 상황을 불러낸 다음 천문관측국에 P의 함대 전면에서 검출된 연옥 입자를 역추적해달라고 요청했어. 한참 뒤에 천문관측국에서 루시퍼 입자의 궤적이 표시된 자료를 보내왔는데 그때 관측장교가 그런 소리를 하는 거야.

“아직 확실히 말씀드릴 단계는 아니고 우리 쪽에서도 좀 더 조사를 한 다음에 확답을 드리겠지만, 함포 사수들 과실이 아니었어요. 거기 뭔가가 있는 것 같더라고요.”

“뭐가요?”

“아직 확실하지는 않은데요. 조준할 때 거리 계산이 잘못돼 있었어요. 그러니까 관측국에서 배포한 천문 관측 자료에 그 부분이 살짝 일그러져 있었는데, 그걸 배경으로 적 함선 위치를 계산하는 바람에 거리가 완전히 어긋났어요.”

“관측국 과실인가요?”

“그럴 수도 있어서 조사 중인데요, 아마 그런 건 아닌 것 같아요.”

“그럼 뭐죠?”

“누구의 과실도 아닌 거죠. 적 함대 뒤쪽에 뭐가 있었어요.”

“예?”

“아무것도 안 보이죠? 망원경에는 아무것도 안 잡혔는

데, 그런데 여기에 뭐가 있었어요.”

“망원경에 안 잡혔는데 그걸 어떻게 알죠?”

“교전 전에 찍은 사진하고 비교해봤는데, 그때 표적이 됐던 적함 뒤에요, 적 위치 계산할 때 참고했던 항성이 있었어요. 그게 교전 중에 약간 밝아졌어요.”

“약간이요? 그런데요?”

“그 광도 변화가 의미 있는 정도인지는 좀 더 확인을 해봐야 하는데요, 아무튼 교전 중에 일시적으로 밝아진 게 맞다는 결과가 나오면, 이런 걸 생각해봐야 해요. 꽤 안정적인 천체니까 광원 자체가 갑자기 그렇게까지 밝아졌을 리는 없고, 그보다는 우리 눈에 일시적으로 밝게 보였다고 생각하는 게 맞아요. 그러니까 정상적인 상황에서라면 더 넓게 퍼져나갔어야 할 빛이 미세하게 우리 쪽으로 굴절돼서 모여든 걸로 이해해야겠죠.”

“그 말은, 꼭 그렇게 들리는데요? 혹시 지금 적 함대 뒤쪽에 중력렌즈가 있었다고 말씀하시는 건가요?”

“네, 그렇게 의심하고 있어요.”

“그 말은……?”

“네, 그 뜻이에요.”

다시 말해서 그건 공간이 구부러져 있었다는 의미야. 침대 시트는 2차원 평면이지만 침대 위에 놓인 시트 위에 누군가가 앉아 있으면 자연히 침대 시트도 그만큼 아래로 움푹 들어가잖아. 그 주변으로 공을 굴리면, 직선이어야 할 궤적이 움푹 들어간 쪽을 향해 살짝 휠 거고, 그 궤적을 침대 시트에 표시한 다음 다시 평평한 바닥에 놓고 보면 공이 아무 이유 없이 휜 것처럼 보일 거야. 마치 누가 잡아당긴 것처럼. 질량이 있는 물체는 자기가 놓여 있는 공간을 그렇게 일그러뜨려. 그래서 빛도 거기를 지날 때면 살짝 휘어지는 거지. 누가 잡아당겨서가 아니라 공간 자체가 그렇게 생겼으니까.

그 관측국 직원이 하려는 이야기가 바로 그거였어. 적 함대 뒤쪽 공간이 일그러져서 거기를 통과해온 별빛이 마치 돋보기를 지나온 것처럼 살짝 밝아져 있었다는. 그러니까 적 함대와 그 뒤 아주 먼 곳에 있는 별 사이에, 눈에 보이지는 않지만 실은 어마어마한 질량을 가진 무언가가 놓여 있었다는 말이었지.

"그게 뭐죠? 설마 다른 차원으로 통하는 문이라도 있었다는 건가요?"

"그럴지도 모르죠."

정말로 그게 차원의 문이었을까? 나도 모르겠어. 관측국도 그게 뭔지는 확언할 수 없었을 거야. 거기 직원은 대부분 과학자니까, 직접 보기 전까지는 아무것도 함부로 말하지 않겠지. 다만 한 가지는 분명했어. 그 방향으로 날아가던 적 함대가 갑자기 자취를 감췄다는 사실.

"결과가 나오는 대로 말씀해주세요."

"네. 당연히."

나는 곧장 참모장에게로 날아가서 다음 교전에서 내가 무슨 일을 해야 할지를 보고했어. 그가 묻더군.

"확실해?"

"아니요."

"본인도 확신이 없는데 위에서 작전 계획을 승인해줄까?"

하지만 얼마 후에, 계획이 승인됐으니 보다 세부적인 작전 계획을 작성하라는 지시가 내려오더라. 내 구상에 따라 위험을 감수해보겠다는 말이었지.

그렇게 된 거야. 그 일을 다 마치고 네가 머물던 옛 휴양선 안 호텔로 돌아가 보니 너는 이미 어디론가 사라지고 없더라. 방 안에 아직 온기가 남은 듯한 착각이 들었지만, 그건 분명 착각이었을 거야. 방 한가운데에 멍하니 서서 가만히 귀를 기울여봤지만, 당연히 소리가 남아 있을 리 없었고. 음악 소리나 말소리도, 문이 달그락거리는 소리나 멀어져가는 누군가의 발소리도. 다시 복도 쪽으로 돌아섰을 때 문 안쪽에 붙어 있는 너의 쪽지를 발견했어.

우리 아직은 때가 아닌가 봐.
기다릴게. 때가 되면 찾아와.

나는 그 쪽지를 말없이 바라보았어. 그래, 때가 되면.

다섯 번째 교전은 이기기 위한 싸움이 아니라, 관측을 위한 일종의 실험이었어. 함대가 적 병력과 교전하는 사이 나는 전파 망원경을 탑재한 함선을 전부 동원해서 전장 곳곳에 넓게 배치한 다음 적 함대 뒤편을 꼼꼼히 관찰했어. 적이 나타난 이후에 새롭게 중력렌즈가 발생한 곳이 없는지 말이야. 전파 망원경 여러 개를 그렇게 배치해놓으면 마치 전장 전체를 덮을 만큼 커다란 전파 망원경 하나를 갖다놓은 것처럼 작동하거든. 그러면 좁은 부분을 더 자세히 볼 수 있게 돼. 꼭 보고 싶은 게 있었던 거지. 확인해야 했어. 전장 전체가 아니라 딱 한 지점을.

문제는 그런 용도로 배치된 함선들은 버글러 기동을 할 수 없다는 점이지. 미리 계획된 경로대로 움직이는 게 아니라 카오스처럼 진짜로 무질서하게 움직이는 관측함에 실린 망원경으로는 각각의 조각에 비친 전파 신호를 조합해서 하나의 그림으로 복원하는 일이 불가능하거든. 서로 약속된 패턴으로 움직여야 하니까. 그것도 비교적 단순한 패턴으로. 그 말은 언제든 적에게 패턴이 노출되는 순간 함대에 속한 관측함을 전부 잃을 수도 있다는 뜻이잖아. 그래서 데 나다 장군이 나에게 허용한 시간은 그렇게 길지가 않았지. 관측함이 없으면 우리는 진짜로 눈이 멀어버리니까.

아니나 다를까, 포격이 시작되고 얼마간의 시간이 흐르자 적 함대의 포격이 우리 관측함에 집중되기 시작하더라고. 걱정한 대로 패턴이 간파된 거겠지.

"앞으로 4분이야. 그 안에 해결하고 패턴 해제시켜. 더 길게는 못 줘. 저 관측선 다 잃으면 그때부터는 눈 감고 싸워야 돼."

사령관이 짐짓 느긋한 말투로 재촉을 하는데, 다행히

바로 그때 우리 관측 장비가 중력렌즈 하나를 포착했지.

"찾았습니다. 위치 정보 전송합니다. 전 함대에 배포합니다."

데 나다 장군의 기함에 타고 있던 참모장 세이모어 장군이 내가 보낸 정보를 받아서 전 함대에 전달했어. 그러자 모든 함선이 포격을 멈추고 중력렌즈가 있는 곳으로 함포를 돌렸지. 미리 약속한 대로 말이야.

"일제사격 준비. 054초에 일제사격 개시. 발사!"

데 나다 장군의 명령이 떨어지고 몇 초 후에, 그러니까 정확히 데 나다 장군이 지정한 시각에, 우리 함대에 속한 모든 공격함이 동시에 중력렌즈 발생 지점을 향해 루시퍼 입자를 방출했어. 그리고 곧바로 다음 명령이 전달됐고.

"70초간 사격 중지."

거대한 섬광이 한 차례 전장을 비춘 다음, 우리 함대가 사격을 멈추고 버글러 기동만으로 상대의 공격에 대응했는데, 그때 뭐랄까, 떠들썩하던 전장이 갑자기 적막해진 느낌이 들더라. 적 함대에서 산발적으로 날아오는 루시퍼 입자로는 조금 전의 섬광을 따라올 수가 없었거든. 물론 당연히 그 요란한 일제사격보다 산발적으로 날아오는 상대의 조준 사격이 훨씬 더 위협적이었지. 일제사격을 아무리 해봐야, 지구만큼 광대한 영역에 겨우 함선 한 대씩만 떠 있는 격인 적 진영에 심각한 타격을 줄 수는 없으니까.

하지만 우리의 목표는 적 함선이 아니었어. 아니, 사실은 뭔가를 맞히려고 일제사격을 한 것도 아니었지. 단지 공간이 어떻게 휘어져 있는지를 살펴보기 위해서였어. 70초간 적막이 흐르는 가운데 우리 관측함들이 전장을 하나하나 기록해두는 거지. 약 70광초 거리까지 루시퍼 입자가 날아가는 광경을 말이야.

"이제 됐습니다."

마침내 관측국에서 보고가 올라오는 순간, 온몸에 긴장이 확 풀리더라. 안 죽고 무사히 잘 버텨냈구나! 곧바로 관측함들이 버글러 기동을 시작하는 동시에 아군 공격함들도 다시 함포사격을 개시하는데, 모두가 느끼는 안도감이 나한테도 그대로 전해지는 거 있지. 그다음은 늘 하던 것처럼 평범한 교전이 이어졌어. 우리 관측 범위 안에 있던 적이 다시 한번 갑자기 자취를 감출 때까지.

전투가 끝나자 좀 전과 또 다른 묘한 안도감이 밀려오

더라. 오랫동안 참고 있던 졸음처럼 말이야.

다시 주둔지를 정하고 정비선이나 휴양선 같은 후방 시설을 그쪽으로 불러들였어. 네가 머물던 옛 휴양선을 다시 보니 마음 한구석에 빈자리가 느껴지더라고. 퇴근 후에 잠깐 그쪽에 들렀는데, 네가 앉아 있던 자리 근처가 일그러진 것처럼 보이는 거야. 거기에 너의 중력장이 남아 있었어. 다른 사람에게는 작용하지 않는, 내 눈에만 보이는 중력장이.

너는 모르겠지. 그런 건 없다고 말할지도 몰라. 하지만 함대에서 생활하면서 나는 지구 출신과 나 같은 우주 태생 사이에 가로놓인 넘을 수 없는 장벽을 수도 없이 봐왔어. 그건 말이야, 사소해 보여서 더 본질적인 그런 차이야. 그만큼 각자의 삶에 밀착돼 있지. 은연중에 튀어나오고, 충돌이 생길 때마다 상대가 나의 가장 본질적인 부분을 침해하고 있다고 느끼게 되는 그 무언가. 나만 그런 건 아닌 모양인지, 지구에 애인을 둔 수많은 우주 태생 동료가 똑같은 고충을 이야기해. 우리끼리 모여서 그 이야기를 하다 보면 어느 순간 우리가 진짜로 지구 출신과는 다른 인류가 돼버린 게 아닌가 싶어.

하지만 그건 다 거짓말일 거야. 그랬으면 좋겠어. 결국 내가 무슨 생각을 하는지 아니? 나는 네가 남긴 중력장이 싫지 않아. 네가 머물다 간 자리에 남아 있는 그 커다란 공백을 더듬어서 네가 내 안에서 차지하고 있는 공간을 복원하는 순간, 그런 식으로 다시 네 존재의 실루엣을 되살려 낸 순간, 나는 내가 그걸 얼마나 애타게 그리워하고 있었는지를 깨닫게 돼. 아, 이 모든 게 원래대로 돌아가기를!

그런데 안타깝게도 모두가 나와 같은 생각을 하는 건 아니었나 봐. 다음 날 나는 리델 원수의 호출을 받고 감찰군 사령부로 불려갔어. 뭔가 알아낸 게 있느냐고 묻더군. 아직 정밀 분석 결과는 안 나왔지만 찾으려던 걸 찾게 된 것 같다고 말해줬어. 그랬더니 그 노인네, 자기도 뭔가 찾아낸 것 같다는 거야. 나는 또 무슨 트집을 잡으려고 저러나 걱정이 앞섰지.

"뭘 찾으셨는데요?"

"글쎄. 그보다 자네가 찾았다는 그거 말이야, 파멸의 신전이라는 거."

"아직 그렇게 단정 지을 수 없을 겁니다."

"그렇다 치고. 그게 뭐가 됐든, 적 함대가 거기에서 나왔다가 다시 거기로 사라지는 건 분명하지 않나. 아닌가?"

"그렇습니다."

"자네 의견은 어떤가. 그 너머에 뭐가 있을 것 같나? 그 자들이 온 곳이 어디인 것 같으냐는 말이야. 우주의 저편?"

"그건, 제 소관이 아닌데요. 그런 건 UES 본부에서……"

잠시 침묵이 흘렀어. 리델 원수가 먼저 입을 열더군.

"추측해보라는 거야."

"제가 그걸 추측하는 게 무슨 의미가 있습니까?"

"있지."

"무슨……?"

내가 묻자 그가 다시 느릿느릿한 말투로 대답했어.

"대비해야지."

"뭘요?"

"반란."

나는 순간 숨이 턱 막혔어. 또 저놈의 반란 타령. 목소리에 감정이 묻어나지 않게 했어야 했는데, 그게 생각만큼 잘되지가 않더라.

"반란군이 그 너머에 있다는 말씀입니까? 무슨 생각을 하시는지 모르겠지만 그게 뭐가 됐든 절대 반란군은 아닐 겁니다."

"들어보게."

"벌써 거기로 넘어가 있으면 그게 무슨 반란군입니까. 감찰군에서 생각하는 반란군은 저 옆에 정박해 있는 게 아니었습니까. 그 핵심 인물은 지금쯤 함대 사령관 집무실에 있을 거고요."

"자네가 무슨 말을 하려는지 아네. 별로 숨긴 적도 없어. 감찰군이 데 나다 장군을 예의 주시하고 있다는 걸 모르는 사람은 아무도 없겠지. 그리고 내가 지금 이런 이야기를 하면 자네가 어떤 생각을 하게 될지도 다 이해하네. 감찰군이 데 나다 장군을 제거하기 위해서 있지도 않은 혐의를 망상처럼 지어낸다고 말이야. 안 그런가."

"비슷합니다."

"그 말이 맞아. 데 나다 장군 본인은 아직 하지 않은 행동이지. 하지만 우리가 발견한 증거를 보면 망상이라는 생각은 안 들 거야. 이건 거의 확증이거든."

"그럼 보여주시죠."

"그러지."

그가 손짓하자 그의 책상 위에 입체 화면이 떴어. 익숙한 장면이더라고. 소행성 파편들이 흘러가는 모양으로 봐서는 아마도 다섯 번째 교전 장면을 재구성한 화면이겠지. 나는 그 화면을 뚫어져라 쳐다봤어.

"이게 뭔지는 알겠지?"

"물론입니다."

그는 입체 화면을 직접 만지작거려서 화면 속 어느 한 지점을 계속 확대했어. 너무 많이 확대해서 전장 상황이 전혀 눈에 들어오지 않을 정도였지. 그제야 손을 멈추더군. 거기에는 적 함선 한 척이 놓여 있었어.

"이게 뭔지 아나?"

"적진을 확대하셨으니 적 함선이겠죠."

"그래, 맞아. 본 적은 있나?"

"이런 종류는 처음 봤습니다."

"그렇겠지. 함대 전체에 딱 하나밖에 없는 형태니까."

"기함입니까?"

"아마도. 어쩌면 특수한 목적을 위해 제작된 함선일지도 모르지만, 우리는 거의 기함일 거라고 확신한다네."

"그렇습니까?"

"궁금해할 줄 알았는데. 우리가 무슨 근거로 이런 확신을 하게 됐는지."

"안 가르쳐주실 줄 알았는데요. 왜죠?"

그가 잠깐 뜸을 들이더니 다시 말을 이었어.

"궤도연합군 본부에 있으면 말이야, 재미있는 일을 많이 보게 된다더군. 그것도 별로 생각지도 않았던 의외의 장소에서. 예를 들면 새 함선 설계를 공모하는 경우에 말이지, 이미 존재하는 디자인을 갖고 오는 업체들이 있다더군. 그런데 이게 참 곤란한 게, 이 사람들이 자꾸 아군 함선이 아니라 적군 함선 디자인을 갖고 온다는 거야. 그러면 담당하는 사람들은 황당해지는 거야. 그렇지 않나? 그런 경우에 자네 같으면 어떻게 처리하겠나? 야전참모부 스타일로 말이야. 지구식으로는 말이지, 일단 탈락시킨 다음 뒷조사를 하게 돼. 어떻게 그 사람들이 그 디자인을 알아냈느냐는 거지. 그것도 아주 세밀한 부분까지. 누군가와 내통하고 있다고 의심하는 게 합리적이겠지. 일단 뒷조사를 하기는 하는데, 그러면서도 영 이해가 안 가는 부분이 있단 말이야. 도대체 왜 그런 걸 설계 공모에 제출하느냐는 거지. 이상하지 않나? 어떤 방법으로든 그런 정보를 입수했다고 치자고. 그런데 그걸 다시 우리한테 들이밀어서 뭘 하자는 거지? 놀리려고 그러는 건가?"

"과시하려는 거겠죠. 그걸 알아낼 능력이 있다는 걸."

"그래, 차라리 그런 거였으면 좋겠어. 그런데 이상한 건 말이지, 정작 그런 업체들의 뒤를 캐보면 별 대단한 게 안 나온다는 말씀이야. 전장과는 커넥션이 거의 없는 경우가 많아. 정보력을 과시해서 이득 볼 것도 딱히 없어 보이고. 그런데 그런 일이 끊이지 않고 일어나. 잊을 만하면 한 번씩. 그러다가 최근에 아주 이상한 게 나왔어."

그는 책상 위에 떠 있는 적 함선 영상을 손으로 가리켰어.

"그게 이거야. 이건 이번에 처음 발견된 거야. 처음 찾은 건지, 처음 전장으로 나온 건지 모르겠지만, 아무튼 이전에는 이 배에 대한 관측 기록이 전혀 없었어."

"그런데요?"

"그런데? 최근에 궤도연합군 군수사령부에서, 새로 도

입하기로 확정한 함선 도면을 보내왔어요. 그런데 공교롭게도, 그게 이렇게 생긴 물건이었단 말이지."

그가 손을 뻗자 천장 쪽에서 입체 화면이 하나 더 내려왔어. 3차원으로 그려진 새 함선 도면이었지.

"어떤가? 자네는 이 둘을 보면 무슨 생각이 들어?"

그 순간 나는 할 말을 잃어버렸어. 왜냐하면 그건, 그래, 그건 분명 똑같은 함선이었어. 모르는 사람이 보면 하나는 설계 도면이고 하나는 완성된 모형이라고 할 만큼 완전히 동일한 함선 말이야.

리델 원수는 한참 동안 말없이 내 얼굴을 바라보았어. 할 말을 잃어버린 채, 무슨 말로 침묵을 깨야 하나 바쁘게 머리를 굴리는 내 모습을 말이야.

"그러니까 감찰군 생각은……"

"자네들은 모르겠지만 이것 때문에 궤도연합군 군수사령부가 한번 발칵 뒤집어졌는데 말이야, 그러는 와중에 새 가설이 하나 떠올랐다네. 내가 아까 물은 것과도 관련 있는 일이야. 자네가 발견한 그거. 파멸의 신전이든 뭐든 아직 정체를 알 수 없는 그 천체. 그 너머에 도대체 뭐가 있을 것 같은가, 자네 생각에?"

"예언서에는 다른 차원이라고 나와 있습니다. 우주의 저편이라고."

"그렇지. 그렇게 믿어왔지. 물론 그걸 모르는 게 아니야. 우리 때는 예언서를 외우게 했으니까. 그런데 UES에 새롭게 떠오르는 가설은 말이야, 그 너머에 있는 게 우주 저편이 아니라는 거야."

"그럼……?"

"시간의 저편. 말하자면 저 함대는 다른 차원에서 온 게 아니라 다른 시간에서 왔다는 거지. 이것도 망상으로 들리겠지만, 가만 생각해보면 아귀가 맞는 데가 한두 군데가 아니야. 루시퍼 입자포만 해도 그래. 참 묘한 게, 어떻게 우주를 건너서 날아온 자들이 우리와 똑같은 무기로 무장했느냐는 거야. 정말로 그게 우주에서 가장 보편적인 무기인지는 나도 아직 잘 모르겠지만. 안 그런가?"

나는 그제야 그가 무슨 말을 하려는지 깨달았어. 그건 그가 입버릇처럼 말하던 '반란군'의 정체에 관한 이야기였어. 그러면서 동시에 우리 적에 관한 이야기이기도 했고.

"데 나다는 반란을 일으킬 게 분명하네."

그가 비장한 표정으로 말했어.

“말이 안 되지 않습니까?”

“그런가? 나는 되는 것 같은데. 이 함선은 5년 뒤에나 도입될 예정이었네. 그때까지 전쟁이 계속되고 있다는 걸 전제로 말이야. 개발 단계마다 아직도 전쟁이 계속되고 있는지 확인을 해야 다음으로 넘어가게 돼 있어서 어쩌면 10년이 지나도 도입이 안 될지도 몰라. 그런데 그 배가 지금 적진에 떠 있단 말일세. 여기를 보게. 이 그림 어디서 본 적 없나?”

리델 원수가 가리키는 곳에는 누군가의 문장이 그려져 있었어. 처음 본 그림이었지만 문맥상 그게 누구 건지는 알 만했어.

“이게 바로 데 나다의 문장이야. 한 가지는 확실하다네. 당혹스럽게도 우리가 싸우고 있는 상대가 우리 자신이었다는 것. 어마어마한 자원을 소모해가며 여기까지 왔는데 결국 거울 보고 주먹질을 한 꼴이지. 그게 뭘 의미하는지는 잘 모르겠네. 자네 말마따나 내 소관이 아닌 것도 같고. 내 일은 다른 거야. 더 이상의 희생을 막는 거지. 방법은 있어. 아직 확신이 안 섰을 뿐이야. 아직은 협의자가 직접 행동으로 옮긴 게 아니니 처벌할 근거도 전혀 없고 말이지."

"그 이야기를 왜 저한테 하시는 거죠?"

"자네한테만 할 건 아니네. 곧 함대 전체에 공표할 생각이야. 그러면 꽤 혼란스러워질 텐데, 그 전에 몇 사람을 불러서 미리 말해두는 거야. 그 정도로 이해하게."

"그러니까 그렇게 하시는 이유가 뭡니까?"

"모르겠나? 반란군에 가담하지 말라는 거지. 절대로. 자네는 이 이야기를 미리 들을 만한 가치가 있는 인물이니까."

"역시 망상으로 들리는데요. 너무 꿈같은 소리 아닌가요?"

"그런가? 상관없어. 그게 궤도연합군 전체가 꾸고 있는 꿈이라면 곧 그렇게 될걸세."

리델 원수의 말대로 곧 함대 전체에 그 소문이 퍼지고 말았어. 누군가가 반란을 일으킬 거고 적들은 이미 그가 누군지 아는 것 같다고. 그러자 혼란이 일었어. 온 함대가 동요했지. 하지만 데 나다 장군은 별로 동요하지 않은 듯한 눈치였어. 한마디로 망상이라는 거지.

"하다 하다 이제 별 생각을 다 하는군."

참모장 세이모어 장군이 그렇게 말했어. 참모부 여론도 마찬가지였고. UES의 새 가설에는 그만큼 허점이 많았거든. 사실 그 가설은 궤도연합군의 공식 입장이 되지도 못했어. 그래도 감찰군은 점점 심증을 굳혀가는 눈치였지. 문제가 심각해진 건 그 무렵에 감찰군 휘하에 다시 한번 새 함선들이 배속되면서 함대 지휘권의 절반 이상이 감찰군 사령부로 넘어가면서부터였어. 사실상 궤도연합군 휘하에 두 개의 함대가 생긴 셈이었거든. 그런데도 데 나다 장군은 그게 뭐가 문제냐는 식이었지.

"함대가 두 개면 좋잖아. 함대란 건 원래 복수로 존재하는 거야. 세상 어느 나라가 보유한 병력을 전부 한 사람 밑에 둬? 그렇게 큰 건 아무도 지휘 못 해."

"사실상 그 병력 전부가 한 덩어리로 운용되고 있잖아요. 임무도 하나고. 굳이 나눌 이유가 없는데 억지로 나누니까 그렇죠."

"연합 함대라고 해두지 뭐."

"그래도 뭔가 하셔야 하는 거 아닙니까?"

"하긴 뭘 해? 진짜로 반란이라도 일으키라는 거야? 신경 써봐야 노인네 하나 예언자로 만들어주는 꼴밖에 안 돼. 리델 원수 그 양반, 별을 그렇게 많이 달고도 모자라서 이제 예언자 흉내까지 내려는 거야. 그 이야기는 그만하고 자네 관측 보고서나 내놓지 그래. 도대체 관측함을 일곱 척이나 날려 먹은 값은 언제 치를 생각이야?"

하는 수 없이 나는 사령관 집무실 한가운데에 참모부 천문관측국에서 작성한 L-22 탄적彈蹟 분석 자료를 불러냈어. 루시퍼 입자가 지나간 경로가 모두 창백한 푸른빛으로 표시되어 있어서 어두침침하던 방 안이 갑자기 환하게 밝아졌어. 푸른빛을 내는 직선이 1700개나 허공에 그어져 있었거든. 그걸 바라보는 데 나다 장군의 얼굴에도 선명한 명암의 대비가 나타났어.

전장은 꽤 넓은 지역에 분포되어 있었어. 최대한 많은 함선이 전투에 참여하게 하려면 적진을 감싸듯 넓고 둥그런 형태로 진영을 짜는 게 기본이었으니까. 상대도 마찬가지여서 결국 전장에는 두 개의 원이 평행으로 놓인 형태가 만들어져. 그게 전선이 되고, 전선으로 절단된 단면 뒤쪽은 각각 반구형을 이루게 되는 거지. 하지만 내가 사령관 집무실 안에 띄워놓은 영상은 전장을 표시한 게 아니라 우리 L-22 함포에서 발사된 루시퍼 입자의 탄적을 70광초 거리까지 표시한 거였거든. 그래서 반구형이라기보다는 기다란 아이스크림콘에 가까웠어.

물론 데 나다 장군은 그 화면에서 어디가 제일 중요한 부분인지 알고 있었지. 그래서 우리 함대가 위치한 곳 반대쪽, 그러니까 루시퍼 입자가 뿔처럼 뾰족하게 모이는 곳으로 다가가더니 그쪽을 유심히 살피더라고.

"이건가?"

"예. 표시한 부분입니다. 대략 62.7광초 지점이고, 거기에서 탄적이 일제히 굴절되더군요. 물론 육안으로는 확인이 어렵고……"

적 함대를 지나 우리 함선으로부터 62.7광초 거리에서 미세하지만 또렷하게 중력렌즈 현상이 포착된 거야. 아마도 그 중심에 파멸의 신전이 놓여 있었을 거고. 리델 원수에게는 확신할 수 없다고 말했지만, 사실 다른 가능성은 별로 없었어. 그건 분명 예언서에 나오는 파멸의 신전이었지.

"질량이 얼마나 된다던가?"

"관측국 말로는 소행성대에 궤도 간섭이 일어날 정도였

다고 하더라고요. 어쩌면 목성도 섭동 현상을 일으켰을 거라고 하던데……"

데 나다 장군은 호기심 어린 얼굴로 루시퍼 입자의 탄적이 모이는 부분을 가만히 들여다보고 있었어. 그런데 그쪽으로 천천히 손을 뻗는 그의 모습이 묘하게 처량하게 느껴지는 거야. 마치 영혼을 빼앗긴 듯, 그 안으로 서서히 빨려 들어가듯, 그의 시선이 한 점에 쏠려 있었지. 그래, 그는 그 사실을 알고 있었던 거야. 적이 자신을 노리고 있다는 것, 그래서 파멸의 신전을 통과하자마자 곧장 자기를 향해 날아왔다는 걸 말이야.

"운동한 흔적이 있나? 이거 자체가 움직인 건가?"

데 나다 장군이 물었어.

"그렇습니다. 교전 전 아군 함대 평균 이동속도와 비슷하답니다. 적 함대가 모습을 드러내자마자 우리 관성 비행 궤도를 따라올 수 있었던 건 아무래도 관문 자체가 우리 함대와 거의 유사한 운동을 하고 있었기 때문일 거라고……"

딱 그런 느낌일 거야. 리델 원수가 나를 자기 방으로 부를 때마다 드는 느낌. 아, 누군가에게는 내가 의외로 중요한 사람이구나 하는 자각. 차원의 문을 넘어온 정체불명의 방문객이 지구를 마다하고 자꾸만 자신에게로 달려드는 모습을 보고 데 나다 장군도 그 생각을 한 게 분명해. 적어도 이들이 보기에는 궤도연합군 사령부보다 내가 더 위협적이었구나, 그래서 자꾸만 내 뒤를 쫓고 있구나, 하는 생각.

결국 감찰군도 같은 생각을 하고 있었겠지. 데 나다 장군이 아직 일어나지도 않은 반란의 수괴라는 괴상한 혐의 말이야. 아마도 그건 운명이었겠지.

여섯 번째 교전이 일어나기 며칠 전에 바다에 들러서 반지를 주문했어. 거기에 무중력 세공 전문숍이 새로 들어섰거든.

여기에도 바다가 생긴 거 알아? 사실 그냥 양식장 같은 거지만 우리는 다들 그걸 바다라고 불러. 무중력 환경에서도 번식이 가능한 우주종 어패류를 키우는 커다란 해수 수족관이거든. 가끔 거기에 들러서 물고기를 구경해. '위아래'가 없는 무중력 바다를 헤엄치는 물고기를 보고 있으면, 그 안에도 참모부 작전 장교 같은 게 있을 것만 같아. 물고기 떼가 꼭 함대같이 움직일 때가 있거든. 머리를 한 방향으로 가지런히 두지 못하고 저마다 다른 방향을 보고 있으니까. 저마다 자기가 위라고 생각하는 방향으로 등을 향한 채로 말이야.

대부분의 지구종 물고기는 무중력 바다에 적응을 못 해. 평형감각이 사라져서 계속 추락하고 있다고 느낀대. 그래서 자꾸 위로 올라가. 자기 딴에는 추락하지 않으려고 열심히 헤엄을 치는 거지. 하지만 그래 봐야 추락한다는 느낌이 사라지지는 않아. 헤엄쳐서 간 곳도 여전히 위는 아니니까. 그래서 또다시 위쪽을 향해 헤엄치는 거야. 새로운 위쪽으로 말이야. 그런 식으로 빙글빙글 제자리를 도는 거지. 머리 위쪽을 향해 크게 원을 그리면서.

천상계에서 신들이 하곤 했다는 그 완전한 원운동이란 사실 이런 게 아니었을까. 신의 섭리가 물고기들의 마음에도 깃들어 있다면 말이야. 지구종 물고기들은, 어느 방향으로 놓여 있든 똑같다는 생각은 꿈에도 못 하나 봐. '올바른' 평형상태라는 게 분명히 존재하고, 그걸 찾을 때까지 계속해서 몸을 뒤집어야 한다고 믿는 거지. 하지만 그 바다에서는 물조차 위에서 아래로 흐르지 않잖아. 그냥 장력으로 뭉쳐져 있는 거지.

그런데 그중 일부, 지구에서 진화한 종이면서도 무중력의 바다에 비교적 잘 적응한 물고기들이 있어. 같은 방향으로 헤엄치기는 하지만 저마다 배를 다른 쪽으로 하고 헤엄치는 물고기 떼. 그게 바로 나야. 신의 섭리를 이해하지 못하는 물고기지. 어느 방향으로 보고 있든 내가 놓여 있는 방향이 옳은 방향이라고 생각하는 물고기. 그게 바로 데 나다 장군이고, 또 그를 따르는 수천 명의 우주 출신 승무원들이기도 해.

"반지를 주문했다고? 애인 줄 건가?"

내가 숍에 들렀다는 소문이 그새 참모부 안에 쫙 퍼졌더군. 데 나다 장군이 물을 정도면 정말 함대 전체에 퍼져 있다는 뜻이었어. 그렇다고 대답했지. 사령관이 한참이나 생각에 잠겨 있더니 나더러 기함 말고 호위함으로 옮겨 타라는 거야.

"좌천인가요? 반지 때문에요?"

"그거 신경 쓰는 건 자네 한 사람밖에 없어. 정신 차려. 저거 못 봤어? 영 뒤통수가 시려서 말이야. 저것들 좀 어떻게 해봐."

우리 함대 뒤쪽에는 지금도 여전히 추락하고 있다고 믿

는 감찰군 물고기 떼가, 뒤로 빙글빙글 돌아가고 싶은 충동을 억누르며 자신들을 제외한 나머지 함대 전체를 모든 방향에서 포위하고 있었어. 그것도 언제라도 공격할 수 있도록 버글러 모순이 거의 일어나지 않는 거리에 바짝 붙어서 말이야. 노골적이어도 너무 노골적이었지. 멀쩡한 사람도 반란을 일으키고 싶을 정도로. 리델 원수의 의도가 바로 그거였겠지? 해볼 테면 해봐라 하는 도발이었을 거야.

여전히 데 나다 장군은 크게 개의치 않아 하는 눈치였어. 하지만 순전히 실무적인 관점에서 보더라도 그 상태로 적을 상대하라는 건 지휘권을 포기하라는 거나 다름없었거든. 헌병대에 둘러싸인 이민족 용병대만큼이나 신뢰를 못 받는 입장이었으니까. 나는 참모장을 통해 출격을 포기하는 게 낫겠다는 의견을 냈는데, 물론 데 나다 장군은 그 의견을 받아들이지 않았어. 그 말을 전하면서 참모장이 그러는 거야.

"뭔가 생각이 있으시겠지. 한번 믿어봐."

하지만 아무리 생각해봐도 별 뾰족한 수가 떠오르지 않더라고.

"이건 믿어서 될 게 아니잖아요. 시어머니를 등에 업고 전쟁터에 나가는 꼴이니. 감찰군 놈들, 진짜 전투에는 가담하지도 않고 우리만 겨냥할 태세잖아요."

그나마 나아진 거라고는 그 시어머니가 궤도연합군 사령부에 연락해서 얻어낸 새 디코이 3000개밖에 없었어. 그 이야기를 전해 들은 데 나다 장군의 두 눈을 갑자기 반짝이게 한 그 미끼용 신호 발생 장비밖에. 그 모습을 보고 참모장 세이모어 장군이 내 쪽을 돌아보며 눈짓으로 말했어.

"봤지? 뭔가 있다니까."

그로부터 이틀 뒤에 목성 공전궤도 근처에서 중력렌즈가 발견됐어. 곧 여섯 번째 교전이 시작될 거라는 신호였지. 그때만 해도 우리는 그 싸움이 그렇게 결정적인 전투가 되어버릴 줄은 미처 몰랐어. 징후가 없었던 건 아니지만 말이야.

우리는 감찰군의 '에스코트'를 받으며 중력렌즈가 나타난 곳을 향해 함대를 전개한 다음 천천히 그쪽으로 항로를 틀었어. 이미 진행 중인 항로의 관성이 거대한 물살처럼 우리를 한 방향으로 빠르게 몰아가고 있어서 말처럼 효과적인 방향 전환은 불가능했지만, 그래도 되도록 물살에 쓸려 내려가지 않도록 간격을 유지하고 전열 비슷한 걸 갖추었어. 적이 나타나는 순간 선제공격을 해보려는 의도로. 물론 그게 가능할 거라 믿는 사람은 많지 않았지. 일단 뒤통수가 시렸으니까. 싸우기도 전에 전투 의지가 꺾인 셈이었어. 무슨 노예선에라도 타고 있는 듯한 기분이었거든. 싸우라면 싸우겠지만 목숨 걸고 싸우지는 않겠다고 다짐하면서 말이야.

그런데 그때였어. 함대 전체에 총사령관 데 나다 장군의 긴급명령이 하달됐어.

"전 함대는 가속을 멈추고 대기할 것."

보통은 참모부를 통해 전달될 명령이 최고 지휘관의 육성으로 직접 전달됐어. 그 바람에 참모부조차 영문을 몰라 어리둥절해하고 있는데 또 이런 명령이 내려왔어.

"모든 공격함은 이 시간 이후 교신을 완전히 중단하고 최대속력 37 이하, 가속도 2.2 이하로 함장 재량에 따라 자유롭게 기동할 것. 보유한 디코이를 전부 방출하고 디코이 기동 방식 또한 위 명령에 따를 것. 다음 지시가 있을 때까지 모든 교신을 차단하고 기동 상황도 보고하지 말 것. 명령 불복종 함선은 경고 없이 발포하겠음."

다시 혼란이 일었어. 사령관이 지휘권을 포기한 것만 같았으니까. 그것도 전장 바로 앞에서 말이야. 하지만 기함에서 먼저 디코이가 방출되고 다른 함선들도 따라서 디코이를 방출하면서 일반 함선들뿐만 아니라 감찰군 소속 함선들까지도 서서히 명령을 따르는 분위기가 돼갔어. 어쩔 수 없지. 명령에 따르지 않으면 기함에서 루시퍼 입자가 발사되더라도 할 말이 없었으니까.

그렇게 우리는 말없이 우주 공간으로 퍼져나갔어. 개별 함선 함장들 마음대로 말이야. 더러는 함선 야전 참모의 충고대로 기동한 배도 있었다는데, 그보다는 디코이를 따라서 퍼져나간 함선이 더 많았을 거야. 아무렇게나 하라는 건 그만큼 실행하기 어려운 명령이거든. 조금만 방심하면 패턴이 생기기 마련이니까. 아무튼 그런 건 중요하지 않았어. 여기서 제일 중요한 건 함대가 기체 분자처럼 아무런 규칙 없이 퍼져나갔다는 사실이야.

다른 참모부 작전 장교들도 마찬가지였겠지만, 나는 데나다 장군이 무슨 의도로 그런 명령을 내렸는지 알 것 같았어. 함선에 장착된 레이더로 확인해보면 우리는 기함을 중심으로 점점 더 큰 구형求刑을 이루면서 확산되고 있었거든. 디코이에 섞여서 어느 게 진짜 함선이고 어느 게 가짜인지 알 수 없는 상태로 말이야. 함선 하나하나의 움직임은 제각각이었지만 함대 전체는 그렇게 되게 되어 있었어. 마치 기체 분자라도 된 듯 그렇게 점점 더 넓은 지역으로 흩어져서 점차 밀도가 낮아지는 거지.

그래. 침몰하는 거야. 그 깊고 깊은 우주 속으로 말이야.

함대 밀도가 낮아질수록 우리를 둘러싼 우주는 점점 더 깊어질 거니까. 그 깊고 깊은 우주 한가운데에 자리를 잡고 적이 나타나기를 기다리는 거야. 우리가 어디에 있든 적은 반드시 우리 근처에 나타날 테니까. 그렇게 매복하고 있다가 어딘가에 적이 나타나면 재빨리 그쪽을 향해 모여들면서 밀도를 높이는 거야. 상대방 입장에서는 이쪽 우주로 넘어오자마자 포위 공격을 당하는 꼴이 되겠지. 우주 전체가 조여오는 느낌일지도 몰라.

우리는 그렇게 은하가 되어갔어. 함선들이 퍼져나가면서 연료를 불규칙적으로 연소시키는 모습이 마치 한 떼의 별 무리 같았거든. 반짝반짝, 아무 패턴도 없고 아무

의도도 없이 평화롭게 떠가는 한 떼의 별 무리. 우리는 다시 서로에게 별이 되고 있었어.

그리고 그때, 우리 3차원 레이더에 재미있는 모습이 포착됐어. 함대 내에 섞여 있던 지구종 물고기들이 발견된 거지. 감찰군 함대 말이야. 이 물고기들만은 마음대로 기동하라는 명령을 전혀 이해하지 못했어. 중력 없는 인공해수 수족관에 떠 있는 우주종 물고기들처럼 다른 함선들이 아무 규칙 없이 제멋대로 우주 공간을 떠다니는 사이, 이 지구종 물고기들은 서로 눈치를 보며 모두 한 방향을 향해 나란히 늘어서 있는 거 있지. 실제로 레이더에는 대다수의 감찰군 함대가 중력렌즈 발생 지점 방향으로 함포를 정렬한 채 한곳을 향해 빽빽하게 모여드는 모습이 포착되었어. 바로 데 나다 장군의 기함 주변으로.

그 모습을 보고 내가 탄 호위함 함장이 이렇게 묻는 거야.

"쟤들 왜 저래? 교신도 끊었는데 왜 저렇게 모이는 거야? 참모부에서 저런 거 미리 연습한 적 있어? 쟤들은 싸우지도 않을 거면서 웬 돌격 대형이지?"

"연습 같은 걸 했을 리가요. 방금 명령은 참모부도 난생 처음 들어보는 명령인데요."

얼마 후에, 차원의 문을 넘어 적이 모습을 드러냈어. 일단은 우리 쪽을 향해 전열을 재배치하는 것 같았는데, 배치 상황을 보아하니 그쪽도 역시 혼란스럽기는 마찬가지인 모양이었어. 물론 우리 함대의 절반가량이 디코이라는 건 대충 파악이 가능했겠지만, 아군 사령관이 도대체 무슨 생각으로 함대를 운용하고 있는지 의도를 파악하기가 어려웠을 거거든. 그런 형태로 교전에 임한 적은 한 번도 없었으니까. 가운데는 빽빽하게, 바깥쪽은 희박하게. 세상 어느 전술 교범에서도 본 적 없는 대형으로 말이야.

하지만 적 함대는 곧 진형을 밀집 대형으로 전환하면서 서서히 아군 중심부를 향해 속도를 높였어. 그쪽이야 우리보다는 실전 경험이 많은 게 확실했으니까 어쩌면 그 상황에서는 그렇게 대처하는 게 최선이라는 경험적 지식이 축적돼 있었는지도 몰라. 적 함대가 함포사격을 개시하면서 언제나 그랬듯 데 나다 장군의 기함을 향해 돌격해 들어오는데, 그대로 가다가는 얼마 지나지 않아 양측이 버글러 모순이 없는 거리까지 접근한 다음 근접전이라도 펼칠 기세였어. 그러니 그 모습을 보고 아군 함선들이 동요한 것도 당연했지. 중심이 돌파당할 위기에 처했으니까. 그런데 데 나다 장군의 기함에서는 아무 명령도 떨어지지 않는 거야. 모두가 기다리고 있던, 포위망을 좁히라는 명령이 말이야.

그게 다가 아니었어. 포위 명령은 고사하고 갑자기 기함이 적을 향해 속도를 높이는 모습이 포착된 거지. 참모부는 당황할 수밖에. 근접전이라는 건 너무 위험해서 함부로 선택할 수 있는 카드가 아니었거든. 기함을 미끼로 줄 수 있는 상황은 더더욱 아니었고 말이야. 그 상황에서 기함을 잃는다는 건 함대 전부를 잃는 거나 다름없었어. 총사령관 본인 말고는 아무도 진의를 알 수 없는 명령에 따라 함대 전체가 기동하고 있는 동안에는 더 그랬지.

아직 명령이 떨어지지는 않았지만 우리는 빠른 속도로 함대 중앙을 향해 방향을 돌렸어. 그리고 일부는 기함을 향해 속도를 내기 시작했어. 그 모습을 보고 다른 함선들도 일제히 불꽃을 뿜어댔지. 그건 명령이고 뭐고 필요 없는 상황이었거든.

그런데 그때 신기한 일이 일어났어. 포위하듯 데 나다

장군의 기함 주위를 에워싸고 있던 감찰군 정예 함선들이 기함을 따라 속도를 높이기 시작한 거야. 그 감찰군이, 싸울 생각이라고는 눈곱만큼도 없던 리델 원수의 그 감찰군이, 그것도 가장 위험하다는 밀집 돌격 대형의 선봉에 서서 전위 부대 역할을 하고 있었던 셈이었어.

왜냐고? 그 사람들은 결국 지구종 물고기였거든. 배치 계획 없이 마음대로 떠 있으라는 명령을 받는 순간, 갑자기 평형감각을 상실하고 자기들의 몸이 어딘가로 추락하고 있다고 느끼기 시작한 거야. 그래서 한군데로 모여든 거지. 기함을 놓치지 않으려고 말이야. 그 상태로 누군가가 지시를 내려주기를 간절히 기다리는 거지. 그게 반란군 수괴의 지시일지라도 상관없었어. 하지만 적이 돌격해오는 와중에도 데 나다 장군이 아무 지시도 내리지 않는 걸 보고 몸이 바짝 달아올랐겠지. 그래서 기함이 돌격하는 모습이 돌격 신호로 보인 거고.

'천재다! 감찰군을 완전히 주력으로 만들었어!'

그는 함대 전체에서 감찰군을 '솎아낸' 거야. 가장 위험한 임무에 투입될 병력을 마치 자원받듯 정교하게 골라낸 거지.

그 장면이 꼭 뭐 같아 보였는지 아니? 거울 같았어. 데 나다 장군을 사이에 두고 양쪽에서 달려드는 감찰군과 적 함대. 감찰군도 똑같이 느꼈을까? 눈앞에 커다란 거울이 펼쳐진 느낌을 말이야. 우리 함대 안에서 진짜로 적과 공감하는 집단이 있다면, 그건 데 나다 장군과 우리 참모부가 아니라 바로 리델 원수의 감찰군 사령부라는 사실을 그들이 깨달았을까?

불과 3광초 거리에서 우리 기함이 포문을 열었어. 아무리 감속해도 적 함대와 정면으로 충돌하지 않을 수 없는 지점까지 기함이 전진했을 때, 마침내 전 함대에 데 나다 장군의 명령이 하달됐지.

"적을 포위 섬멸할 것."

그러자 모든 함선이 일제히 엔진을 최대로 가동하면서 폭발적인 기세로 적의 중심부를 향해 날아가기 시작했어. 진행 방향 반대편으로 묵직한 인공중력이 느껴졌지. 그리고 적진을 향해 루시퍼 입자가 여기저기서 섬뜩한 섬광을 뿜어냈어. 그 와중에 데 나다 장군이 감찰군에 명령을 내리는 소리가 들렸어. 버글러 기동을 중단하고 사격 명중률을 높이는 데 집중하라고. 이미 버글러 모순이 작용하지 않을 만큼 양측이 가까이 접근했다는 뜻이었지.

그 목소리를 듣는 순간 문득, 데 나다 장군이 나를 기함에 태우지 않은 이유를 알 것 같았어. 사령관은 그날 전투에서 살아남을 생각이 별로 없었던 거지. 그래서 나를 살리려고 했던 거야. 그 싸움이 끝나면 내가 뭘 하려고 했는지 알아버렸기 때문에!

하지만 감상에 빠져 있을 시간 같은 건 없었어. 양측 돌격대가 루시퍼 입자의 공격에 처참하게 파괴되는 모습이 눈에 들어왔으니까. 정말 1분에 수십 대씩 터져나갔어. 그래도 양쪽 모두 날아드는 기세를 늦출 줄을 모르더라고. 아니, 피할 수 있는 시점을 훌쩍 지나버려서 가운데를 뚫고 나가는 것 말고는 다른 방법이 없기도 했지.

데 나다는 적 기함을 향해 똑바로 날아갔어. 상대도 마찬가지였지. 그 주위에 호위함들이 모여들었어. 아군에 불리한 상황은 아니었어. 그 순간 아군 기함을 호위하는 전투함들은 지금껏 인류가 가져본 무기 중 가장 견고하고 성능 좋은 것들이었거든. 원래 그런 용도로 사용될 예정은 아니었지만, 그 순간만큼은 제대로 된 방식으로 사용되고 있었던 거야. 아군 뒤통수가 아니라 적을 꿰뚫을 용도로.

나머지 아군 함선이 포위망을 좁혀 들어가는 동안, 중앙에서는 양측 돌격대가 0.5광초 거리까지 다가서 있었어. 좁은 공간에 너무 많은 루시퍼 입자가 방출되는 바람에 서로 간섭 현상을 일으킬 정도로 밀도가 높아졌지. 최대한 많은 루시퍼 입자를 쏟아부으려고 연사 한계속도를 초과해서 함포사격을 하다가 과열로 폭발하는 함선이 속출할 지경이었어.

데 나다 장군은 그런 식으로 자기 운명을 마주했을 거야. 적 기함에 누가 타고 있든, 예언자가 뭐라고 하든, 혹은 파멸의 신전의 정체가 뭐든, 그건 소문으로 들어서 알 수 있는 게 아니라 직접 겪어봐야 알 수 있는 거라고 결론 내린 거겠지. 그게 그의 방식이었어. 어디까지나 그는 정치가가 아니라 야전 사령관이었으니까.

나는 숨을 멈췄어. 모두가 그랬을 거야. 눈 깜짝할 사이에 우리 함대가 적 중앙을 꿰뚫어버리더라고. 두 함대가 겹쳐졌다가 지나쳐간 자리에서부터 거대한 화염이 기다란 꼬리를 늘어뜨리며 이어지는가 싶더니, 그 지점에서 대폭발이 일어났어. 과잉 방출된 루시퍼 입자가 서로 간

섭을 일으키며 그 일대를 통째로 날려버린 거야. 빛의 속도로.

소리는 없었어. 소리를 전해줄 대기가 없었으니까. 그 대신 무시무시한 섬광이 일어났어. 모든 섬광을 끝장낼 최후의 섬광이었지. 방향을 잃은 루시퍼 입자가 그 섬광에 실려서 모든 방향으로 퍼져나갔어. 아군이고 적군이고 그걸 피할 수 있는 배는 한 척도 없었지. 어느 배도 빛보다 빠르지는 않으니까. 곧이어 함선들이 연쇄 폭발을 일으켰어. 폭발 지점에서 가까운 함선들이 먼저 연옥 입자로 전환돼버렸지. 그 연옥 입자마저도 너무 과밀해져서 2차 폭발이 일어날지도 모른다는 경고가 관측선으로부터 전달됐어.

그사이 루시퍼 입자는 거리의 제곱에 반비례하는 강도로 우주선들을 강타했어. 폭발 지점에서 10배 가까운 거리에 있는 배는 100배의 타격을 입었다는 뜻이야. 그 폭발로 감찰군 함선 거의 전부, 적 함선의 72퍼센트, 감찰군을 제외한 나머지 아군 함선의 17퍼센트가 단 5.47초 만에 전투력을 상실했어.

그리고 바로 그 순간에 기함과의 교신이 끊어졌어.

그다음 일은 다소 침통한 분위기에서 착착 진행됐어. 참모부가 사령관을 대신해서 명령권을 접수한 다음 흩어진 적들을 추격해서 섬멸했는데, 궤도연합군 사령부의 공식 지침에 따라, 그리고 예언서에 나와 있는 지시에 따라, 포로는 하나도 남기지 않았어. 파멸의 신전이 정말로 시공간을 넘나드는 문이라면 포로를 남겨두는 것 자체가 또 다른 재앙의 씨앗이 될 수 있거든. 그게 지침의 취지였어.

그 일이 모두 마무리된 다음, 데 나다 장군이 전투 개시 전에 남긴 마지막 명령서가 참모부로 전달됐지. 유언장처럼 말이야. 사령관 본인은 확실히 유언이라 생각하고 남긴 말이겠지.

"적 함대 섬멸 후 전략 목표를 변경할 것. 최종 공격 목표는……"

그리고 평화가 찾아왔어. 천천히 우리 자신을 되돌아볼 수 있는 시간이. 혹은 반드시 우리 자신을 되돌아봐야 하는 시간이.

여기까지가 그동안 내가 겪은 일을 정리한 내용이야. UES의 공식 발표와는 다르겠지.

곧 궤도연합군 조사단이 여기로 올 거야. 아니, 조사단이 아니라 조사군이라더군. 그리고 진실이 아닌 진실 하나를 만들어낼 거야. 반란군 사령관 데 나다에 관한 이야기. 그래도 너만은 끝까지 나를 믿어줘야 해. 사람들이 우리를 뭐라고 부르든 말이야.

전쟁이 끝났으니 이제 지구로 돌아가면 되는 거 아니냐는 사람들이 있어. 그런데 그럴 수는 없을 것 같아. 궤도연합군이 보낸 건 구조대가 아니라 조사군이잖아. 그 말을 듣는 순간 가슴이 철렁 내려앉더라. 우리는 그들의 인적 구성을 잘 알고 있었거든. 감찰군과 조사군이 얼마나 비슷한지도. 무엇보다 우리는 그들이 우리 우주 태생 인류를 제거하기 위해 어떤 정책을 입안해왔는지 너무나 잘 알아. 그러니까 UES가, 예언자의 집행 기구가, 우리를 반란군으로 낙인찍을 거라는 점은 거의 확실해.

그건 지금 우리가 지닌 이 어마어마한 무기 때문이기도 해. 적이 없어졌으니 이제 이 무기는 인류를 향할 거야. 싸움도 끝났고, 이제는 폐기되어야 마땅한 무기이지만, 그 사람들은 그렇게 두지 않을 거야. 아니, 누구라도 마찬가지겠지. 사람들에게는 이 무기가 곧 영원히 전복되지 않을 절대 권력의 원천으로 보일 거거든. 그러니 이 상태로 지구로 돌아갈 수는 없어.

물론 방법이 없는 건 아니야. 함대를 이끌고 지구로 돌아가서 정말로 UES를 전복시켜버리면 돼. 아무도 우리를 막지 못하겠지. 하지만 그러고 싶지는 않아. 싸울 생각도 없어. 인류가 만들어낸 첫 번째 우주 함대가 깨부수려 했던 건 외계에서 날아온 정체 모를 함대가 아니라 지구 출신과 우주 태생, 그 두 인류 사이에 놓인 까마득한 거리의 장벽이었으니까.

UES는 전혀 다르게 말하겠지. 그들이 뭐라고 둘러댈지는 모르지만, 데 나다 장군은 이제 없어. 루시퍼 입자에 흡수돼서 흔적도 없이 사라졌거든. 아마도 UES는 데 나다 장군이 리델 원수의 감찰군을 제압한 다음 남은 함대를 이끌고 곧장 지구로 향할 계획이었다고 말하겠지. 그건 절대로 진실이 아니야. 마지막 순간에 참모부에 전달된 데 나다 장군의 마지막 명령이 뭐였는지 아니?

"적 함대 섬멸 후 전략 목표를 변경할 것. 최종 공격 목표는, 파멸의 신전."

그는 지구가 아니라 파멸의 신전을 상대할 생각이었어. 밑도 끝도 없이 거대한 그 정체불명의 천체를 말이야. 방법도 몰랐겠지. 그래도 사령관은 이거 하나만은 분명히 알고 있었어. 거기에서 뭐가 튀어나오든 관계없이, 목성 궤도에 영향을 줄 만큼 어마어마한 질량을 가진 천체가 태양계 안에 출몰하는 것 자체가 인류의 생존에 결정적인 위협이 된다는 사실을 말이야.

그렇지만 UES가 그 이야기를 해주지는 않을 거야. 그냥 반란이라고만 하겠지. 그러니 이제 우리에게는 어차피 돌아갈 데가 없어. 받아줄 사람도 아무도 없고.

그런데도 꼭 지구로 돌아가야겠다는 사람들이 있어서 그 사람들을 모아 작은 선단 하나를 꾸렸어. 조사군이 오면 데려가라고 말이야. 그들의 생각을 존중해. 어쩌면 그거야말로 우리가 찾고 있던 정답일지도 몰라.

그 작은 선단을 따라 지구로 돌아가기로 한 동료에게 이 편지와 반지를 맡겨. 이건 우주 최고의 무중력 귀금속 세공 장인이 만든 반지인데, 지금은 영원히 문을 닫아버린 숍에서 만든 거니까 이제 어디에서도 이런 건 구할 수 없을 거야. 네 손에 직접 끼워주지 못해서 미안해. 그거 하라고 기껏 목숨까지 살려놓은 데 나다 장군한테도 면목이 없어졌지 뭐야.

전쟁이 끝나면 결혼하자고 말할 생각이었어. 네가 무중력이 싫다고 하면 지구에서 살아도 상관없었어. 골밀도가 높아질 때까지는 지구 여행을 다니자고 강요하지 않는다는 조건으로 말이야. 아이가 태어나면 이따금 같이 궤도 여행을 가겠다고 약속해주면 그걸로 충분했어. 우주선을 구경시켜줄 필요까지는 없겠지만 중력이 없는 바다는 꼭 보여주고 싶었거든. 그런데 이제 그 말조차 너에게 직접 해줄 수 없게 된 것 같아.

머지않아 우리는 파멸의 신전을 향해 날아갈 작정이야. 저 너머에 뭐가 있는지는 나도 잘 모르겠어. 다른 우주인지, 다른 시간대인지, 아니면 같은 우주의 저 반대편인지. 저기로 건너가면 언젠가 이쪽으로 다시 넘어와서 과거의 데 나다 장군을 공격하게 되는 걸까? 그렇게 시간 속을 영원히 맴도는 건 아닐까?

아니, 적어도 그건 아닐 거야. 그건 데 나다에게 주어진 운명이고, 그가 이미 스스로 깨뜨려버린 예언이니까. 어쩌면 그 순간에 운명이 바뀐 걸지도 몰라. 이제 이건 내 운명이 돼버린 거야. 그 사람 게 아니라.

내가 처음 파멸의 신전을 보여줬을 때, 중력렌즈 안쪽을 유심히 들여다보던 데 나다 장군의 얼굴이 떠올라. 빨려 들어가듯 강렬했던 그 눈빛. 그건 분명 호기심이었어. 두려움이 아니라. 그래, 이건 두려운 일이 아니야. 어차피 거기나 여기나 우주는 똑같은 우주잖아. 가서 뭐든 해봐야지. 무슨 일이 벌어질지 알 수 없지만.

반드시 돌아올 거야. 이상하지? 나 같은 우주 태생이 어딘가로 돌아올 생각을 하다니.

이제 나도 고향이 생겼어. 네가 있는 그곳에. 고마워. 그리고 안녕.

우주 저편에서 너의 별이 되어줄게.

작가의 말

2013년에 이 책이 출간됐을 때는 작가의 말을 따로 넣지 않았다. 많은 독자가 사랑하게 된 책의 마지막 문장은 나에게도 마음에 드는 표현이어서, 그 뒤에는 아무 말도 남기고 싶지 않았다. 그래도 그사이 10년이 넘는 시간이 지났으므로, 이 개정판에는 나만 기억하는 발표 당시의 맥락에 관한 설명이 필요할 것이다.

이 소설은 〈문예중앙〉이라는 문학잡지의 복간호에 맨 처음 발표되었다. 지금은 많은 소설가가 문학잡지에 SF 소설을 발표할 수 있지만, 11년 전에는 사정이 달랐다. 어느 문단 모임에서 나는 이 소설에 대한 평으로, "SF 그거 안 돼!"라는 말을 들은 적이 있다. 특별히 마음에 두지는 않아서 누가 한 말이었는지는 기억나지 않지만, 아마 수많은 문단 구성원의 목소리를 대변하는 빙산의 일각 같은 말이었을 것이다.

다른 문학장에서도 마찬가지다. 문학잡지에 글을 발표하는 SF 작가에 대한 평은 SF 독자 사이에서도 꽤 박해서, 나는 일종의 '전향한 작가' 취급을 받기 일쑤였다. 그럴 때면, 내가 그 지면에 구체적으로 어떤 소설을 발표했는지 읽어보고 말하면 좋겠다는 생각이 들기도 했다. 내가 생각하는 나는 '순문학을 주로 다루는 잡지의 주목받는 지면에 우주 전쟁 이야기를 실을 수 있는 소설가' 같은 것이었는데, 그 우주 전쟁 이야기가 바로 이 작품 『청혼』이다.

그러니까 이 소설은 두 개의 문학장 사이에 놓인 '라그랑주 포인트'에서 처음 발표되었다. 어느 쪽 문학장에서도 충분히 이해되지 않았다는 뜻이다.

우주 태생과 지구 출신 사이에 낀 주인공들의 고민은 그런 사정을 반영하고 있다. 다른 소설집인 『예술과 중력

가속도』에서도 썼지만, 원래 남의 예술은 다 이상한 법이고, 다만 내 예술도 다른 사람에게는 마찬가지라는 사실을 잊지 않는 게 중요할 뿐이다. 그런데 사람들은, 독서를 아주 많이 한 사람도, 자기가 아는 예술이 우주 전체에 통용되는 유일한 진리라고 확신하기 쉽다. 여기까지는 인간의 본성이니 이해할 수 있다. 그런데 그런 강력한 준거를 주장하는 집단이 하나가 아니라 둘이라면? 그러면 이 우주는 어느 쪽 원리에 따라 돌아가야 할까?

두 문학장의 영향력이 비교적 대등하게 작용하는 '라그랑주 포인트'에서는 확고한 준거 기준을 찾아내기 어렵다. 해독하는 쪽도 그렇겠지만, 작가 본인에게도 마찬가지다. 누군가는 그 위치에서 소설을 쓰기 시작한 게 행운이라고 말하겠지만, 그만큼 양쪽의 평가에 크게 흔들리고 '내가 제대로 하는 게 맞나' 의심하는 시간이 길어진 것도 사실이다.

이런 아노미를 극복하기까지는 꽤 오랜 시간이 걸렸다. 그동안 나는 소설 단행본을 스무 권쯤 출간하고, SF에 관한 에세이를 출간했으며, 소설 속에 세계를 담아내는 법을 강의하고, 내가 터득한 것을 다음 세대에게 전수하는 일을 맡기도 했다. 그러고 나서야 비로소 확신을 얻을 수 있었다. 허공에 떠 있는 듯 아슬아슬해 보이는 이 지점이 실은 거대한 우주 도시를 건설해도 좋을 만큼 탄탄한 중력 균형점이었다는 깨달음이다. 2013년의 나는 알지 못했지만, 2024년의 나는 분명히 알게 된 것들이다.

이 확신을 바탕으로 말하건대, 이 소설은 2024년에도 여전히 내 직업 분야의 최전선 중 한 곳에 있는 이야기다. 물론 2013년에는 더 그랬을 것이다.

그동안 SF에 대한 사람들의 이해가 본질적으로 개선되었는지는 잘 모르겠다. 하지만 적어도 나는 이 공간의 작동 원리를 그때보다 잘 이해하게 되었다. 예를 들어, "왜 내가 우주 전쟁 이야기를 읽어야 하지?"라는 근원적인 질문에도 이제는 도움이 되는 답을 이야기할 수 있다.

SF에서 우주에 진출하는 사람의 순서에는 일종의 법칙이 있다. 첫 번째가 군인이고 두 번째가 과학자다. 그다음이 테크 기업 CEO(미국식)나 정부 관계자(한국식)이고, 그 뒤가 보통 사람, 마지막이 정상성을 뛰어넘는 범위의 존재들이다. 현실에서도 비슷하지만, 이 순서는 픽션이라도 간단히 무시할 수 없는 구조를 이루고 있다. 전쟁과 평화의 문제, 자본과 권력의 개입, 보편성의 확장과 그 후에 이어지는 정상성의 극복 같은 서사가 변증법적으로 누적되어 있기 때문이다. 이 구조를 생각하면 탐사 단계의 우주에 군인이나 과학자가 등장하는 건 자연스러운 현상이다. 누군가는 건너뛸 수도 있지만, 단계를 다 밟는 게 이상한 일은 아니다.

이 소설에는 지구인의 정상성을 초월하는 방식으로 우주를 감각하는 사람들이 주요 인물로 등장하는데, 이들의 고뇌와 갈등을 2013년의 내가 의도한 방식으로 형상화하려면 군인과 천문학자, 지구 행정 기구의 파견인 등이 필요했던 셈이다. 주인공에게 "우주 저편에서 너의 별이 되어줄게"라는 말은, 이 모든 인물을 다 겪은 다음에나 쓸 수 있는 문장이었을 것이다.

또, 이 소설에서 처음 다룬 '공간의 거대함과 극복할 수 없는 시차의 문제'는 이후에 발표한 여러 편의 소설을 통해 다양한 방식으로 검토하고 변주하며 내 소설의 주요 주제로 발전시켰다. 2013년에는 일종의 실험이었지만, 지금은 대규모 영구 정착지가 세워진 탄탄한 공간이 되었으니 안심하고 발을 디뎌도 좋다는 뜻이다. 이처럼 2024년에서야 얻게 된 확신이 말해주는 바는, 이 소설이 던지는 질문과 답이 지금도 꽤 유효하리라는 결론이다.

그러므로 개정판에서는 소설의 내용이나 구조는 건드리지 않고 되도록 2013년의 상태대로 보존하기로 했다. 손이 많이 간 건 표현 부분이다. 개정판을 준비할 때마다 늘 그랬듯, 이번에도 거의 모든 문장을 다시 쓰는 정도로 표현을 고쳐 썼다. 10년 전 글을 보면 다듬을 부분이 너무 많아서 부담스러운데, 한편으로는 그래서 다행이기도 하다. 그만큼 나아졌다는 뜻이기 때문이다. 이번에도 같은 것을 느낄 수 있어서 마음이 놓였다.

소설에 나오는 우주에 관한 설명은 맞는 부분도 있고 아닌 부분도 있다. 예를 들어, 실제 우주선은 이 책에서 설명하는 것처럼 날아다니지 않지만, SF에서 우주 전쟁은 흔히 이렇게 묘사된다.(보통은 2차원으로 묘사되는데, 여기서는 3차원 혹은 4차원으로 다루었으므로 개선된 부분이 있다.) 또 우주를 가로지르는 레이저 광선은 눈에 보이지 않는데, SF에서는 아주 잘 보인다.(심지어 이걸 광선검으로 쳐내는 사람도 있다!) 그 외에도 틀린 부분이 있지만 굳이 고치지 않았다.

그러니 이 책을 보고 과학 지식을 습득하지는 말기 바란다. 특히 '버글러의 모순' 같은 개념은 순전히 작가가 창작한 것이므로 다른 데서 언급할 때는 주의가 필요하다. 중요한 건 과학이 아니라 공간을 경험하는 방식과 그것을 활용하는 전략 같은 것이지만, 많은 독자가 그래 왔듯 애틋한 사랑 이야기로 읽어도 나쁘지 않을 것 같다.

분명 2013년의 편집자는 이 이야기의 낭만 부분에 초점을 맞추었다. 나는 우주 전쟁 쪽에 무게중심을 두고 싶었는데, 지금 와서 보면 어느 쪽이 정답인지 잘 모르겠다. 가장 오랫동안 이 이야기를 기억하고 사랑해준 건, 두 개의 문학 중 어느 한 군데에 확고하게 자리 잡은 독자층이 아니라 뜻밖의 공간에 있던 사람들이다. 스스로 누군가의 팬이기도 한 그들은 이 소설의 내용을 (특히 마지막 문장을) 활용해 그 누군가에 대한 애정과 지지를 표현했다. 옆에서 지켜본 그 특별한 애정 표현을 작가는 꽤 흐뭇한 기억으로 간직하고 있다.

아무튼 이 후기는 해설이 아니다. 작가가 소설 속 모든 문장에 의도를 심어놓는 건 아니므로, 애초에 정답을 가지고 있지도 않다. 모든 문장은 버글러의 모순을 일으키며 시공간의 장벽을 통과할 것이며, 1년 뒤에 이 글은 작가가 의도한 지점에 머물러 있지도 않을 것이다. 버글러의 모순은 시간이 지날수록 더 커져서, 다시 10년이 지나면 이 이야기는 작가의 의도와는 아주 동떨어진 의미로 읽히게 될지도 모른다. 개정 작업을 정기적으로 할 수는 없을 테니, 이 이야기는 또 오랜 세월 동안 작가의 손을 떠나 우주를 떠돌 것이다. 다음에 만났을 때 이 함대에 또 어떤 의미가 새롭게 담겨 있을지는 나도 알 수 없다.

그렇게 가늠할 수 없는 긴 시간 속으로 다시 함대를 날려 보낸다. 버글러 기동은 지금부터 시작일 거고, 함대가 나아갈 우주를 채우는 건 어느 시대 어느 공간에 속해 있을지 알 수 없는 새 독자들의 몫이다.

배명훈

청혼

초판 발행 2024년 4월 25일

지은이 배명훈
펴낸이 김정순
책임 편집 허정은
편집 허영수
디자인 이강효
표지 일러스트 최지수
마케팅 이보민 양혜림 손아영

펴낸곳 (주)북하우스 퍼블리셔스
출판등록 1997년 9월 23일 제406-2003-055호
주소 04043 서울시 마포구 양화로 12길 16-9(서교동 북앤빌딩)
전자우편 editor@bookhouse.co.kr
홈페이지 www.bookhouse.co.kr
전화번호 02-3144-3123
팩스 02-3144-3121

ISBN 979-11-6405-245-5 03810